서울이여 영원하라

서울이여 영원하라

1판 1쇄 인쇄일 2011년 07월 30일
1판 1쇄 발행일 2011년 08월 05일

지은이 | 권영재
펴낸이 | 이환호
펴낸곳 | 나무의꿈

등　록 | 제10-1812호
주　소 | 서울시 마포구 서교동 463-31 플러스빌딩 4층
　　　 | 대표전화 02) 332-4037
　　　 | 팩스　　　02) 332-4031

ISBN　978-89-91168-36-7　　03810

권·영·재·수·필·집

서울이여 영원하라

나무의꿈

샛별

내가 어렸을 때의 하늘은 청명했다. 가을 하늘은 늘 푸르렀고, 하얀 구름은 언제나 여러 동물들의 모양을 그려놓곤 했다. 기린과 사슴, 사람의 모양도 있었고, 가을 하늘은 여름 동안 뜨겁게 달구어진 가슴을 후련하게 식혀 주기도 했다.

나의 별명이 샛별이었던 것은 아버지의 사랑을 많이 받았던 때문이다. 밤잠이 없었던 내게 그렇게 눈이 빤짝거리니 언제 잠을 잘 것이냐고 걱정을 하신 일이 있다. 생각다 못해 아버지는 나를 팔베개로 베어주시곤 했던 일이 엊그제 같다.

새벽 늦게까지 바닷길을 비춰준다는 그 별에 나를 비교했다면 무슨 큰 뜻이 있을 법도 한데, 나는 아무런 느낌도 없이 어린 시절을 신나게 살아온 것이다. 동네 이 구석 저 구석 모르는 곳이 없을 정도다.

하루는 엄마가 젖먹이 동생을 안고 있는 것을 보고는 불현듯 외로움에 시달린 적도 있었다. 그래서 집에서 멀리 떨어진 동네로 놀러간 것이 그만 길을 잃게 되어 오밤중이나 되어서야 아버지 손에 끌려 온 적이 있다. 그때의 밤하늘은 별들이 꽉 차 있는 잿빛 하늘에 장난감 크기 만 한 별들이 내 손 안에 잡힐 것만 같아서 하늘을 향해 주먹을 폈다 오므렸다 했던 것이다. 그러나 신비로운 별들은 영영 내게서 멀어졌는지 가끔씩 별똥별만 내 머리 위를 잽싸게 날아가곤 했다. 소원을 말할 사이도 없이 어느 틈에 자취를 감추어 버리고 말았다. 그러면 아버지는 너의 소원은 벌써 이루어졌으니 걱정을 말라고 하셨다. 그리곤 또 무슨 소원을 빌었냐고 물어 보셨다. 그 어린 나이에 오빠가 되고 싶다고 말한 기억이 있다. 이 무슨 엉뚱한 생각이었을까…. 아버지는 머리를 끄덕거리시며 웃고만 계셨다.

그 맘 때쯤이면 할머니가 인천 연수동에서 오셨다. 아마도 팔월 추석 때쯤이었을 것이다. 우리 집에 오시면 몇 달씩 계시곤 했는데, 10월 상달이면 고사를 지내신다고 엄마한테 시루떡을 앉히라고 명령하셨다. 그날은 집안 행사로서 안녕과 기원을 비는 날이다. 물론 좋은 날을 잡아서 하는 일이니 만큼 정성을 다해서 시루떡을 쪄내는 것이다.

그런데 큰 일이 났다. 나는 아침부터 설사를 하기 시작했다. 할머니는 특히 떡 시루 앉힐 때는 변소도 못 가게 한 것은 물론 외부 사람이 들어오는 것도 싫어서 대문을 잠가 놓으셨다. 나는 몰래 대문 밖을 나가서 밭고랑에 있는 텃밭 화장실을 이용했다. 살그머니 안방에 누어버린 나는 할머니의 꾸지람을 들을 수밖에 없었다. 떡이 영 익지를 않는다는 것이다. 하루 종일 엄마는 할머니의 눈총을 받아야 했다.

찹쌀 시루떡은 잘 익었는데 멥쌀 떡은 약간 설어 있었다. 이웃집에 떡을 돌린 다음 할머니는 나를 업고 닭장에 가셨다. 그야말로 캄캄한 무서운 밤이었다. 할머니가 시키는 대로 하지 않았다가는 불호령이 떨어지는 밤이었다. 드디어 내가 제일 싫어하는 주문을 외워야 했다. 할머니가 먼저 하면 따라 해야만 했다. "닭님, 닭님, 닭이나 밤에 똥 싸지 사람도 밤에 똥 쌉니까?" 하고는 고개를 꾸벅 꾸벅 세 번을 조아렸다. 아침서부터 굶은 나는 허기진 배를 움켜쥐고 속이 메스꺼울 정도로 어지러웠다. 나는 정신없이 할머니가 시키는 대로 했지만, 짜증이 절정에 달했다. 할머니의 등을 걷어찼던 것이다. 아버지한테 일러야겠다고 할머니는 노발대발하셨는데, 이미 알고 계신 아버지는 아프다는 딸을 야단칠 수가 없었을 것이다. 솔직하게 잘못을 뉘우치고 할머니께 용서를 빌어야 했다.

떡은커녕 식사도 못한 채 이튿날 대낮이 지나서 부스스 털고 일어났다. 도란도란 마루에서 할머니와 엄마가 하시는 소리를 들으니, 할머니 말씀이 내가 시키는 대로 하지 않고 죄다 거꾸로 말을 했다고 하셨다. 할머니는 입술에 두 손가락을 대며 내가 들을까 '쉬이잇' 소리를 내셨고, 나는 마음이 합치한 고부지간의 모습을 보았다. 어떤 이유인지는 몰라도, 배앓이와 열병이 가라앉았다.

　그 이후 아버지는 나에게 심부름을 많이 시켰다. 가면서 보고 들은 이야기, 오면서 주변을 본 이야기를 똑바로 서서 몇 번씩이나 설명을 시켰다. 그때에는 하기 싫었던 일이지만 지금 생각해 보면 어릴 때 일이 무궁무진하게 떠오른다.

　글을 쓰려고 하면 아버지의 모습이 그리울 때가 많다. 새벽녘 동쪽 하늘에 늦게까지 빛나는 금성(金星), 잠이 안 오는 날 뿌연 안개 속에 샛별을 볼 때면 가슴이 뭉클할 정도로 아버지가 보고 싶다.

　오늘 새벽녘…, '샛별'과 함께 '아버지'의 모습이 떠오르는 것은, 첫 수필집 〈서울이여 영원하라〉를 상재(上梓)하며, 내가 남자로 태어났더라면 더없이 아버지께 효도를 했을 것이란 아쉬움이 있기 때문이다.

　아울러 이 책이 나오기까지 흔쾌히 졸작을 평(評)해 주신 김병권 선생님께 거듭 고개 숙여 감사의 인사를 드리며, 첫 작품집 출판이기에 미숙했던 진행과정을 잘 보듬어주신 출판 관계자의 노고를 새삼 기억할 것이고, 출판을 기꺼이 수용해 주신 '나무의 꿈' 출판사 이환호 대표님께 깊이 감사의 마음을 전합니다.

2011년　7월　샛별　권영재

1. 고운 여자

2. 내 고향 서울

3. 별 헤는 밤

4. 서울이여 영원하라

5. 코스모스

6. 하나로 뭉치기까지는

1. 고운 여자

개꿈 1

입춘이 지났다. 점심을 배부르게 먹은 오후는 마냥 졸리다. 대문에 붙여놓은 '입춘대길'이 그대로 붙어 있는지 현관문 밖을 살폈다. 입춘은 24절기 중 처음 오는 절기로서 대한과 우수 사이에 온다. 입춘대길이라…, 하품을 크게 하니 눈물까지 고인다. 대문짝만하게 번진 글씨가 눈꺼풀을 덮는다.

숨이 막힐 듯 꽉 찬 배를 움켜쥐고 자리에 누웠다. 화장실에 갔다. 탈수현상인지 배설물이 마구 쏟아진다. 내가 잘 아는 L 사장도 같은 증상인가보다. 저런! 비밀스러운 곳까지 다 보았다. 이럴 수가…, 저녁에 일찍 온 남편에게 망설이며 이야기를 꺼냈다. 나는 "여보! 나 다른 사람 거시기 봤어요", "으응?" 꿈 이야기를 들은 그는 얼굴이 홍당무가 된 나를 아무렇지 않게 쳐다보며 개꿈이라고 웃었다. 오히려 L 사장과 목욕탕에 가서 거시기를 자세히 보겠다고 짓궂게 한 마디 던졌다.

봄날의 꿈은 다 개꿈일까? 어릴 때 꿈속에서 피터팬처럼 하늘을 날아 보았고, 무서운 할머니에게 쫓겨 오줌도 싸곤 했었다. 이튿날, 엄마한테 꿈 이야길 하면 날아다니는 꿈은 키가 크는 꿈이라고 했다. 그리고 무서운 꿈은 다 개꿈이라고 하셨다.

내겐 장성한 두 딸과 아들이 있다. 삼남매를 기르며 엄마가 내게 했던 이야기를 똑 같이 들려주곤 한다. 누나들과 나이 차이가 있는 아들은 겁이 많다. 잠자다 말고 무서운 꿈을 꾸면 울곤 했다. 그럴 때마다 엄마가 내게 들려주었듯이 "애야, 그건 개꿈이야" 하며 아들을 달래곤 했었다. 딸들도 가끔 흉몽을 꾸면 기분이 언짢은가 보다. 그러면 "애야, 흉몽대길이다" 하며 흉한 꿈에 대한 해몽을 좋게 풀이해 줬다. 그래서 그런지 그런 날은 좋은 일이 생겨서 화기애애하게 넘어갔고, 안 좋은 꿈일 때는 아이들에게 주의를 주어 하루 종일 집안에서 근신을 하게 하기도 했었다. 이것은 은연 중에 엄마한테 물려받은 직관력이기도하다. 항상 어려운 일이 생겼을 때에는 역으로 슬기롭게 풀어가는 방법을 가르쳐 주신 것이다.

꿈이란 우리가 알 수 없는 미지의 세계를 알려 주기도 한다. 정신분석의 창시자인 프로이드는 일종의 신경증으로 보았다. 꿈 자체가 하나의 신경증적 현실이며 실착행위라고 하였다. 잠자는 사람 코앞에 향수병을 놓았다. 그랬더니 그는 그리스에 있는 오데코롱이 생산되는 향수 산을 헤매고 있는 꿈을 꾸었다고 한다. 이런 현상은 정의를 내릴 수 없지만 실제로 있는 이야기다.

나도 가끔 꿈으로 실제의 일을 판단 할 때가 여러 번 있었다. 몇 해 전 일이다. 심하게 잠꼬대를 하는 남편을 깨웠다. 식은땀을 흘리며 깨어난 그는 꿈 이야기를 했다. 붉은 망토를 걸친 도깨비가 춤을 추며 다가오더라는 것이다. 나는 즉시 남편에게 절대로 술자리에 오래 머물지 말며, 귀가 시간을 일찍 당기라고 당부했다. 그러나 남편은 며칠이 지나자 잔소리가 듣기 싫었는지 개꿈이라며 핀잔을 주었다.

그 해 10월 달은 유난히도 모임이 잦아 야외로 나갈 때가 많았다. 하루하루를 남편이 일찍 오기를 꼬박꼬박 기다림도 하루가 남았을 때였다. 10월의 마지막 날은 길기도 했다. 하루만 잘 넘기면 되겠거니 생각 끝에 조바심이 났던 나는 초저녁부터 그를 기다렸지만 오지 않았다. 새벽녘에 그가 돌아 왔을 땐 피투성이가 된 채 현관에 쓰러졌다. 미신이라고 나를 몰아붙이던 그는 그렇게 개꿈 땜을 하고 말았다. 강도를 만나 돈을 빼앗기고 구타까지 당했던 남편은 그 후유증이 가시지 않아 오랫동안 건강이 좋지 않았다. 이렇듯 꿈은 어떤 예견력을 지니고 있음이 분명하다. 꿈을 꾸고 있다함은 수면 중의 심생활이며, 그것은 깨어 있을 때의 마음 씀과 비슷한 것 같지만 사실은 차이가 날 때가 많다. 사람들은 때론 자기 자신이 예언자라는 것을 모르고 살고 있는 게 아닐까? 꿈 중에도 태몽은 아들 꿈인지 딸 꿈인지를 예견해 준다. 옛 어른들은 삼신할머니가 점지해 주는 태몽이 용꿈이었다는 일화가 있다. 돼지꿈은 복권 당첨자들이 꾸는 꿈으로 알려져 있다.

입춘과 함께 찾아온 봄날의 꿈은 그의 말대로 개꿈이라고 했지만, 그 후 사흘이 지난날이었다. 꿈의 예견을 알고 있었던 나는 넌지시 남편에게 L 사장의 거시기를 보았느냐고 물었다. 일종의 호기심이랄까? 야릇한 감정이 솟는다. 대꾸도 없다. 평소에 금전엔 깔끔한 그가 주머니에서 꺼낸 것은 백만 원짜리 수표 석 장이었다. 그리곤 생일 선물이란다. 내 생일은 설날이다. 그 때만 되면 분주하게 손님 치르느라 손에 물이 마를 새가 없다. 모든 비용이라든가 설날의 상차림이 한데 어우러져 선물 한 번 제대로 받아 본 일이 없다. 뒤 늦게 챙겨준 생일 선물이고 보니 섭섭함도 사라진다.

입춘과 함께 찾아온 봄날의 꿈이 '일장견몽'이었다면 또 한 번 꿈땜을 크게 한 것이다.

겨울 소리

잊히지 않는 소리가 있다. 그 소리는 눈 오는 밤 멀리서 또는 가까이서 들리는 고향의 여음이다. 함박눈이 펑펑 쏟아지는 밤, 찹쌀떡 장수 소리가 봄날의 버들피리 소리처럼 긴 여운으로 다가온다. "찹쌀떡 사려~" 하며 동네를 한 바퀴 돌땐 군침이 절로 도는 이슥한 겨울밤이었다. 일찍 저녁을 끝낸 식구들은 군불 땐 방이 식기 전에 이불부터 펴 놓기 마련이었다. 밤잠이 없었던 나는 차가운 이불속에 먼저 들어가기 싫어서 살그머니 안방으로 뛰어가곤 했다.

이웃에 살았던 외삼촌께선 밤늦게 마실 올 때가 많았다. 처남과 매부사이에 흥겹게 벌이는 화투판은 늦은 밤까지 계속되었다. 나는 화투놀이 그 자체에 대해서는 별로 흥미가 없었지만, 찰싹거리는 그 소리가 찹쌀떡 장수 소리만큼이나 반갑게 느껴졌다. 왜냐하면 화투판이 끝나면 찹쌀떡이나 메밀묵을 얻어먹을 수 있기 때문이었다. 호기심이 많았던 그 시절은 어른들 틈에 끼어 겨울밤을 이렇게 보냈다.

새로 한 벌 사준 얼룩말 무늬의 내복 바지와 줄무늬의 면 셔츠를 긁적이며, 두 분의 화투판에 붙어 앉아 눈을 말똥거리다 보면 화려한 화투 그림에 취해 버리기도 했다. 열 끗짜리 이매조에 앉아 있는 알록달록한 새, 오색이 찬란한 그 새는 내 동심 속에 귀족처럼 자리 잡은 희망의 새였다. 아버지께서 화투장을 섞는 틈을 타, 새 그림이 있는 이매조 한 장을 손에 꼭 쥐었다가 "어험!" 하시면 얼른 내 놓곤 했었다. 아버지 무릎에 매달려 배시시 웃을 때면 벌써 찹쌀떡 장수는 우리 집 대문 앞에서 유난히 큰 소리로 찹쌀떡 사라고 목청을 높였다. 그것은 밤늦도록 화투놀이를 하는 우리 집 안방의 불빛이 대문 앞까지 환하게 비추었기 때문이다. 두 분께서 사주시던 찹쌀떡은 눈송이처럼 동글동글한 하얀 떡이었다. 손끝에 닿는 감촉은 갓난아기의 뺨같이 보드랍기만 했다. 속에 들어있는 단팥이 은은히 비치는 찹쌀떡은 너무도 먹음직스러웠다. 지금이나 그때나 찹쌀떡은 변함없는 모습이건만 그 시절의 찹쌀떡은 입안에서 사르르 녹는 꿀맛이었다.

설한풍이 몰아치는 밤이면 앙상한 나뭇가지 위에 매달린 하

얀 달빛도, 호호 불어 올리는 입김도 아랑곳없이 마구 달려오
는 바람소리, 무수한 나뭇가지 위에 피어나는 눈꽃 사이로 차
분한 메아리로 번져가는 메밀묵 장수 소리, 벌써 엄마는 메밀
묵을 무치고 계신다. 전깃불도 없었던 컴컴한 부엌, 일렁거리
는 호롱불 아래서 얼음이 박힌 김치를 써느라 조심스럽게 움
직이는 손끝이 아름다웠다. 똑 똑 똑 똑 그 도마 소리…, 그것
은 우리의 정서가 듬뿍 담긴 한 폭의 민화였다. 집에서 외삼촌
을 기다리다 지친 외숙모는 늦가을에 고사 지냈던 시루떡을
펄펄 끓는 가마솥에 쪄서 한 소쿠리 들고 오신다. 움 속에서
금방 꺼낸 김치와 푹 쪄진 시루떡은 또 얼마나 맛이 있었던가.
그렇게 먹어도 탈이 없었던 밤참이었다. 살만 찌면 성인병에
시달려야 하는 요즘 아이들에겐 밤참은 절대 금물이지만, 깊
어가는 동지섣달 긴긴밤에 먹던 그때의 밤참 맛은 지금까지
내 입속에서 맴돌고 있다.

눈 오는 밤, 그 눈밭을 아이들과 뛰놀다 보면 신발은 흠뻑
젖고 바짓가랑이 역시 오줌 싼 것처럼 축축이 젖어 있다. 야경
꾼들의 딱따기소리에 밀려 대문 안으로 숨 가쁘게 들어서면
그때까지도 어른들의 두런두런 이야기 소리는 그치지 않았다.
통금시간을 알리는 딱따기소리는 잘도 박자를 맞추면서 멀어
져 간다. 통금시간도 없이 사는 요즘 아이들은 겨울방학이 되

면 밀어 놓았던 비디오를 빌려다 보느라 밤을 지새우며 TV 앞에 모여 있다. 보이지도 않는 전자파가 몸속을 파고드는지도 모르고 정신없이 화면에 빠져들고 있다. 오염된 물과 공기 등 온갖 공해 속에 사는 우리 아이들은 예전의 아름다운 정서가 없다. 인스턴트식품과 방부제 첨가물로 된 음식물들, 모두가 물질 만능주의를 구가한 대가인지도 모른다.

눈 내리는 겨울밤이면 고향의 정겨운 '겨울소리'가 아직도 내게 남아 그 때를 회상하게 한다. 희뿌옇게 동이 트는 새벽녘, 물 푸는 두레박 소리, 딸랑딸랑 방울소리 요란한 두부 장수 소리, 작은 종소리끼리 하모니를 이루는 콩나물 장수 소리, 밤손님 지키는 삽살개 소리, 기차역에서 들리는 기적소리는 빨리 떠나지 못하는 아쉬움이기도 했다. 길이 미끄러워 간신히 움직이는 타이어 사슬소리, 짐을 잔뜩 싣고 숨을 몰아쉬는 말울음 소리, 이 모두가 해가 지면 한 곳에 머물어야 하는 귀소본능의 애조 띤 소리였다. 크리스마스이브가 되면, 담 밑에서 들리는 새벽 찬양대 소리, "기쁘다 구주 오셨네~, 저 들 밖에 한 밤중에" 등등의 찬송가에 잠이 깨면 그들과 합류하고 싶었다. 늦잠 자는 바람에 새벽 찬양대에 어울리지 못한 아쉬움은 이불 속에서 구물구물 망설이다 찬양대를 놓쳐버린 뒤였다. 멀어져 가는 발자국 소리.

이 모든 소리는 내 고향 서울에서만 들을 수 있던 겨울 소리였다. 이젠 눈이 와도 겨울바람이 불어도 영 영 들을 수 없는 고향의 겨울 소리는 아득한 추억으로만 남아 있다.

고운 여자

그녀의 자태는 아침 햇살에 빛나는 청자연적이었습니다. 형용할 수 없는 곱고 아름다운 자태가 나를 첫눈에 반하게 했습니다. 베아뜨리체의 웃음일까. 뷔를질리오의 눈짓이었을까. 어느 날 살며시 다가와 속삭였습니다. 그녀는 내게 모든 행복과 기쁨을 주겠노라고 미소를 지었습니다. 〈삶이 그대를 속일지라도 노여워하거나 슬퍼하지 마세요〉, 그리곤 사랑과 그리움도 주겠노라고 덧붙였습니다. 하지만 그 때의 나는 그녀의 말에 동화될 수 없었습니다. 아무 것도 줄 수 없는 황량한 벌판에 서 있는 외로운 겨울나무였습니다. 차라리 일찍 그녀와 함께 어울렸더라면 그렇게 모진 바람 속을 헤매진 않았을 걸.

그렇게 하길 수십 년이 지난 어느 날, 별처럼 빛나는 하얀 눈 속에 그녀가 나타났습니다. 이번엔 놓치지 않으리라 잽싸게 달려가 꼬옥 끌어안았습니다. 그녀가 하늘의 별로 날아간 뒤 내 손엔 한 자루의 붓이 쥐어졌습니다. 붓을 들고 나는 꿈

속에서 얼마나 안타까워했는지 모릅니다. 그때부터 꿈을 향해 달리고 또 달렸지요. 어느 땐가 그녀를 또 만날 수 있으리라는 기대감에서 말이지요. 그녀가 주고 간 붓이 행복은 고난으로 다가왔고, 기쁨은 슬픔을 몰고 왔습니다. 사랑은 미움으로 그리움은 허탈감으로 밤을 지새웁니다. 그래도 나는 끝없이 그녀의 고운 자태를 사랑하렵니다.

까치 우는 마을

언덕위의 하얀 집, 과일 나무가 양쪽 길 가에 주욱 심어져 있는 언덕길이 정겹다. 봄에는 정문 옆에 등나무와 아카시아 향기가 고향의 향취를 일깨워준다. 곧장 언덕을 오르면 한양 아파트 정원에 일찍이 물오른 영산홍과 뭉게구름 피어나듯 백목련이 마음을 활짝 열어준다. 아침이면 높은 전봇대 위에서 까치가 운다. 울음이라기보다는 노래처럼 들려 길조라는 기대감에 하루가 즐겁기만 하다.

그런데 요즘 조용하던 우리 동네가 갑자기 아수라장이 되었다. 오늘도 어김없이 "깍, 깍, 까르르…" 그쳤으려니 생각하면 또 계속이다. 까치가 심하게 울던 그 날 오후, 삼풍백화점이 붕괴되고 나와 절친했던 죽마고우가 말 한 마디 없이 북망산을 향해 떠난 날이다.

친구와 헤어진 시간은 1995년 6월 29일 오후 5시 10분쯤이었다. 에어컨이 고장 났는지 백화점 안은 후덥지근했다. 쇼핑객들은 너나 할 것 없이 차가운 콜라를 마시거나 아이스크림을 먹으며 쉬고 있었다. 때마침 세일 기간이어서 의류 매장에선 단골집에 전화를 걸어 미리 옷을 빼 가라는 성화에 타지에서 몰려온 고객들이 많았다. 친구와 나는 수영 강습을 끝내고 저녁 찬거리를 사러 지하슈퍼까지 내려갔다. 갑자기 무얼 잊은 듯 친구는 '웬디스 햄버거' 가게에서 약속이 있다면서 서둘러 갔다. 수영이 끝나면 그녀는 으레 그 쪽으로 가게 되어 있으니 눈짓만 서로 주고받으며 헤어졌다.

집에 와서 쇼핑한 봉지들을 주섬주섬 푸는 순간 지축을 울리는 '쿵!' 소리는 삼풍백화점 참사를 알리는 조종이었음을 그때는 까맣게 몰랐다. 나는 친구 소식이 궁금해 한달음에 달려가 웅성거리는 군중을 헤집고 보니 일말의 기대감도 사라지고 가슴만 실망으로 쿵덕거렸다. 폭삭 무너진 백화점 속에서 아기 우는 소리가 들린다고 손자 걱정을 하는 할머니의 애끓는 모습에 가슴이 저렸다. 언니와 동생이 같이 있었는데 언니만 살아남아 발을 동동 구르며 우는 아이, 혼인날을 잡아놓고 아들이 죽었다고 땅을 치는 어머니, 아이들과 같이 간 부인이 돌아오지 않았다고 한숨만 푹푹 쉬는 남편, 딸들을 부르며 발버

둥치는 어머니, 이 모든 비통함을 어찌 다 표현하랴. 모두가
이 엄청난 비극 앞에 속수무책이었다.

　아파트 구내방송에선 현장 구조대원들에게 보낼 식량과 의
약품, 모포를 지원해 달라고 호소했다. 우선 먹다 남은 저녁밥
과 김치 통을 들고 19동 쪽으로 달려갔다. 주민들은 주먹밥을
만들어 구조대에 보내기에 바빴다. 구조작업은 오래 계속되었
다. 그 동안 자원봉사자의 노란 가운을 입고 현장에 여러 번
갔지만 친구의 소식은 없었다. 뜬 눈으로 밤을 새운 나는 구급
차의 사이렌 소리와 작업반의 호루라기 소리만 나면 밤 한 시
건 두 시건 현장으로 뛰어갔다. 모두가 한 마음이 되어 밤잠을
이루지 못하고 있었다. 곳곳에 설치된 자치단체의 봉사자들,
종교 단체의 봉사자들, 대한적십자사의 봉사자들에게 삼풍아
파트 주민의 한사람으로써 깊은 감사를 드린다. 그리고 편안
히 앉아 밥 먹을 새도 없이 바쁜 구조대원들에게 김밥과 주먹
밥을 날라다 준 그분들 노고에 다시 한 번 고개 숙인다. 아파
트 주변을 밤낮없이 지키느라 애쓰신 군인아저씨와 경찰관들
도 고생이 많으셨다. 누가 남의 일에 이렇게 나설 것인가. 하
지만 그 와중에 낯선 몇몇 사람들이 삼풍 주민을 저주하며 상
대적인 빈곤감에서 오는 울분을 터뜨렸다. 열심히 노력하며
살아온 우리에겐 더 없는 마음의 상처였다. 마치 이번 참사가
우리에게 잘못이나 있는 것처럼 악담을 퍼붓는 그들의 태도가

섬뜩하기도 했다.

　무더위가 기승을 부리던 8월 중순 쯤, 삼성병원 영안실에서 연락이 왔다. 옷을 보고 찾았다는 그녀 남편의 이야길 듣고 나는 어찌할 바를 몰랐다. 사고가 난 지 오래 되었고, 무더운 날씨에 시체는 부패해 더러는 바뀌는 일도 있었으니 그럴 수밖에. 시체를 찾은 것만도 다행이었다. 그 이후 까치가 우는 우리 동네는 온갖 악취와 먼지가 날리는 어수선한 동네가 되었다. 붕괴된 백화점 잔해가 찢겨진 옷자락처럼 남루한데, 사람들은 망각곡선 속에 슬픈 일이나 힘든 일은 잊어버리기 마련인가보다. 그런 대로 몇 달을 잘 적응해 나갔다. 이젠 조용한 마을이 되었으면 하는 바람이었다. 그러나 추석이 지난 요즘 느닷없이 밤마다 울리는 꽹과리와 징소리에 가슴은 다시금 덜컥 내려앉는다. 그날의 아우성과 곡성이 아직도 귓가에 쟁쟁한데, 끝내 시신을 못 찾은 유가족들의 울분은 그치지 않았던 것이다.

　몇 달을 서울교육대학 체육관에 머물렀던 그들은 개학과 동시에 서초구민회관으로 자리를 옮겼다. 민선으로 당선된 구청장을 불신 속에 몰아넣고 마구 구타를 하는 둥 갖은 수모를 겪게 하더니 이젠 비어 있는 삼풍백화점 주차장에 천막을 치고

상주했다. 젊은 나이에 유명을 달리한 망자들의 통한을 풀어 주기 위한 '회심 굿'이었다. 곧이어 가족들의 곡성이 들리며 무얼 태우는지 시뻘건 불길과 검은 연기는 하늘을 뒤덮고 순식간에 아파트는 시커먼 연기 속에 그을리고 만다. 창문을 열면 들려오는 회심곡이며 진혼곡이 구성지게 울려 퍼진다. 한 많은 인생살이 그나마 다하지 못해 젊은 나이에 몽달귀신까지 되어 구천을 헤매는 객이 되었으니 이 어찌 원통하지 않겠는가. 연이어 마이크에선 '서초구청'이나 '시'에서 나오신 분이 있으면 나오라고 방송한다. 유가족들의 이런 항쟁도 여러 달 계속되고 있다. 하루 속히 원만한 해결책을 찾았으면 좋겠다. 통치 자금인지 비자금인지 정치 파문으로 세상이 떠들썩한데 말이다. 모두가 우리 사회의 어두운 단면을 보는 것 같아 안타깝기만 하다. 감투 욕심이 돈 욕심이 되고, 결국엔 부실공사처럼 허물어지는 걸 왜 모르겠는가. 한두 푼을 아껴 쓰며 정직하게 살아가는 서민들은 천문학적인 비자금과 부정축재에 놀라움을 금치 못한다. 물론 모든 부실공사는 옳지 못한 한탕주의의 흐름일 것이지만, 이젠 우리 모두가 겸허히 자성해 볼 문제가 아닐까.

이젠 매일같이 들리는 진혼곡도 회심곡도 짜증스럽다. 하루 속히 그 자릴 메울 수 있는 건물이 들어서길 학수고대 한다. 까치가 우는 조용한 마을이 되길 바라는 마음 간절하다.

꽃게탕

저녁노을이 공작 깃털모양 빗살을 그리며 퍼져 있다. 바알간 단풍잎이 노을에 반사되어 더욱 영롱하다. 내가 즐겨 걷는 이 길은 햇살이 힘을 잃고 벌써 땅거미가 깔리기 시작했다. 샛노란 은행잎도 시름없이 떨어지고 있는 저녁이다. 가을을 느낄 사이도 없이 집으로 들어왔다. 저녁이 늦으면 유난스럽게 신경을 곤두세우는 그를 의식했기 때문이다.

사무실 K 씨가 하루 종일 쫑알거림에 시달린 하루이기도 했다. 같이 사무실을 얻어놓고 집안일로 내가 자주 결근을 하니까 너무 심심했다고 하는 표현이었나 싶어 미안하기까지 했다. 전화에 얼굴을 파묻은 채 고객과 상담하는 그녀의 정수기에 대한 설명에 귀를 기울였다. 그 정수기는 〈파이-워터〉로서 그 물은 에너지이며 빛이기 때문에 생체수에 가까운 물로써,

신선함을 오랫동안 보존할 수 있는 "기(氣)"에 해당하는 물이라고 했다. 그리곤 썩지 않는 물이며 바닷고기와 민물고기가 함께 살 수 있는, 지구상에서 가장 으뜸가는 물이라고 열변을 토해내고 있었다. 동업자인 내가 며칠 동안 결근했더니 그동안 노력했다는 것을 보이기 위함이란 것도 잘 알고 있었다. 며칠 전 일본인 사업가가 사무실에 와서 실험을 하며 설명한 학술적인 내용을 정확히 잘 외우고 있었다. 나도 큰 딸 혼사 때문에 자리를 비운 것이 마음에 걸려 한 시간 정도 거들어 준 것이 저녁이 늦게 된 것이다.

부지런히 옷을 갈아입은 후에야 생선 가게에 전화를 걸어 엊그제 보았던 그 꽃게가 있으면 배달해 달라고 주문을 했다. 그쪽에선 "다듬어 드릴까요, 그냥 보낼까요?" 하고 물었다. 엉겁결에 "그냥, 보내세요!" 하고 말았다. 밑반찬은 항상 준비되어 있었으니 바글바글 끓는 꽃게탕이면 오늘 저녁 요리로서는 일품이라고 생각되어졌기 때문이었다. 어제부터 톱밥 속에 파묻혀 있던 꽃게를 사고 싶었는데 오늘에야 그 숙제를 마치게 된 셈이다.

잠시 후 꽃게는 도착했다. 평소에 하듯이 〈파이-워터〉를 가득 받아 물속에 쏟았다. 우선 게 몸에 묻어 있는 톱밥부터 씻어야 했기에 그대로 푹 담가 놓았다. 그 사이 부지런히 부엌

바닥에 떨어진 먼지를 닦으며 맛있는 꽃게탕을 생각하니 군침
까지 돌았다.

　우선 큰 놈부터 도마 위에 올려놓고 게딱지를 뜯고 갑옷 같
은 껍데기에서 몸뚱이를 떼어내 4등분 하는 것이다. 토막 낸
노란 암게는 다시 게 껍질 속에 쏙 집어넣고 냄비에 앉히면 된
다. 그런 다음에 물을 자작자작 부어 고추장을 풀어 넣고 바글
바글 끓인 다음 대파를 길쭉길쭉 썰어 넣는다. 여기에 다시 마
늘을 찧어 넣고 양념장으로 간을 맞춰 센 불에 끓인다. 마지막
으로 약한 불로 줄여서 이십분 정도만 은은히 끓이면 바알간
꽃게는 먹음직스런 탕이 되는 것이다.

꽃이 된 아들 (2)

　누렇게 퇴색된 사진이다. 항상 엄마의 베게머리 맡에 발가벗은 사내 아기의 돌 사진이 있었다. 내가 태어나기 전 엄마의 아들이다. 10년을 넘게 누워 계신 엄마는 오늘도 아들의 이야기를 실타래 풀 듯 풀어 나갔다. 바다는 살얼음이 가시지 않았다. 그만큼 영종도의 봄은 늦기만 했다. 서해안의 파도는 봄을 터트리는 꽃망울이 아쉽기만 했다.

　엄마는 바다길이 트일 때 까지 아들을 안고 전전긍긍하였다. 인천에서 배가 들어와야 그 배를 타고 앓고 있는 아기를 하루 빨리 병원에 데리고 갈 수 있었다. 아버지는 일본사람 '미쓰비시' 회사의 신임을 얻어 이 섬에서 광업권을 따냈다. 그 회사는 자본금도 충분히 대주어 아버지는 여러 명의 덕대를 잘 다스릴 수 있었다. 광산의 주인으로서 탄광을 개발하는

데 전력을 다 했다. 덕대들은 광산의 주인인 광주와 계약을 맺고 광산의 일부를 맡아 채광하는 사람들이었다. 그 만큼 책임감이 강했던 아버지는 덕대들에게도 인심을 많이 얻은 편이어서 서로의 신뢰감 속에 금은 낙출 없이 채굴되었다. 금광의 일은 순조롭게 잘 풀려서 눈 코 뜰 새 없이 바빴다. 당연하게 엄마의 신혼살림은 영종도에서 시작되었다. 섬 생활이 마음에 들지 않았지만, 바다냄새가 고향 같았다. 더운 여름날엔 아버지와 함께 갯벌에 나가 뛰노는 망둥이같이 조개를 주우며 낯선 곳에 정을 붙였다.

엄마는 그곳에서 첫 아들을 낳았다. 할아버지는 맏아들 '윤(胤)'자를 넣어 '영윤'이라고 이름을 지으셨다. 돌이 지나자, 조잘거리며 의사 표시를 질하던 영윤이는 시름시름 앓기 시작했다. 항상 아랫도리를 벗겨서 키워야 건강하다는 할아버지 말씀에 따랐을 뿐이다. 늦게야 감기라는 것을 알고 한약을 먹였지만 별 차도가 없었다.

엄마는 예감이 좋지 않았다. 꿈 생각이 자꾸 떠오른다. 앞마당을 쓸고 있는데 갑자기 하늘을 향해 뱀이 쏜살같이 날아가더라는 것이다. 구름을 향해 날아간 뱀은 몸체가 반 이상 구름 속에 들어갔을 땐 영락없이 '용'의 머리였다. 미처 못 들어간 꼬리 부분만 뱀으로 남아 있었다. 너무 신기한 나머지 소릴 치며 사람들을 불렀다. 그러자 용이 되다 만 뱀은 산 넘어 골짜기로 떨어졌다. 무언가 잘못 되었다고 느꼈을 땐 이미 늦은 때였다. 아버지와 같이 일하던 일본 사람이 엄마를 보고 "옥상! 큰일 났어요. 조용히 혼자 보아야지 여러 사람을 불러서 용이 부정을 탔어요. 산 넘어 우물 속에 다시 이무기가 되었답니다. 옥상께 은혜를 갚으러 온대요" 하고는 사라졌다.

꿈을 깬 엄마는 할아버지께 이무기가 무슨 동물이냐고 물으셨다. 할아버지는 이무기가 용이 되려면 천년을 기다려야 용이 될 기회를 얻는다고 하셨다. 부정을 타면 용이 되지 못하고 물속에서 큰 구렁이로 오랫동안 산다고 말씀하셨다. 엄마는 가슴이 두방망이질 쳤다. 서둘러 아기를 들쳐 업었다. 그렇게 하기를 일주일이 지나서 배는 도착했다. 아기와 함께 인천 도립병원에 도착한 아버지는 일본 의사에게 수없이 야단을 맞았다. 진찰을 하지 않겠다는 의사에게 무릎을 꿇고 빌었다. 진찰을 끝낸 의사는 "나는 신이 아닙니다"라는 짧은 대답만 했다. 감기가 깊어서 폐렴으로 돌았다는 것이다. 그때 엄마의 심정은 어떠했을까.

아이는 부정을 탄 용이었는지 엄마 곁을 떠나고 말았다. 식구들 모두가 애통해했지만, 아버지만은 아빠를 찾던 아들이 죽었다는 것이 믿어지지 않았다. 어른의 말씀대로 땅에 묻지 못하고 화장을 시켰다. 밀가루 같은 보드라운 뼈의 분말을 고운 흙과 섞어서 화분에 담았다. 그것은 어린 아들을 강물에 멀리 떠내려 보내고 싶지 않았음이리라. 이듬해 봄 꽃씨를 심었다. 아들을 보기 위한 아버지의 집념은 꽃이 필 때까지 화분에 정성껏 물을 주는 일이었다.

마침내 화분에선 아름다운 꽃 한 송이가 피었다. 신기하리만큼 영롱한 꽃은 바로 영윤이의 화신(化身)이었다. 엄마는 화분을 아들처럼 애지중지했다. 그러던 어느 날 화분은 깨지고 말았다. 아버지는 눈물을 뿌리듯 고운 가루를 다시 꽃밭에 뿌렸다. 그리곤 엄마에게 죽은 자식의 정을 하루 빨리 떨쳐 버리라고 단념을 시켰다. 새로 태어날 아기에게 정성을 다 할 것을 당부했다.

엄마의 이야기는 이쯤에서 끝이 났다. 그날따라 엄마는 몇 번이나 아들의 이름을 불렀고, 눈물은 두 뺨을 흘렀다. 나는 그 얼굴에서 엄마의 젊은 날을 보았으며 내가 자식으로서 얼마나 고통과 즐거움을 드렸는지 돌이켜 보았다. 머지않아 엄마는 아들을 만날 것이라고 예감했다. 심성이 고운 두 분은 지금 모두 세상에 안계시다. 하지만 그때의 꿈 이야기는 곧바로 태어난 내가 클 때까지 전해졌다.

　이렇듯 꿈으로 얽힌 이야기는 우리 집안에 전설처럼 내려온다. 금실이 좋으셨던 두 분은 지금도 고향의 이끼 낀 잔디 위에 바다의 출렁거림을 자장가 삼아 조용히 잠들고 계신다. 두 분의 마음속엔 돌아가시는 날까지 어린 아들의 그리움이 영원한 꽃으로 피어 있었다.

남도 기행 열차

새벽 기차가 달린다. 창가로 스며든 바람이 봄내음을 몰고 온다. 살 속을 파고들 듯 살랑이는 새벽바람이 어느덧 졸음을 퍼붓는다. 그것은 남도 순환열차를 타려고 며칠 전부터 각축전 끝에 몇 자리를 얻었기 때문이다. 그 뿐만이 아니라 가정을 가진 주부들이 일상에서 벗어나려면 걸리는 것이 한두 가지가 아니다. 잔손 가는 아이들이며, 까다로운 남편 비위 맞추느라 그 틈을 빠져 나오기가 그리 쉬운 일이 아닌 것이다. 밤잠을 설치며 밑반찬을 골고루 준비해 놓고, 잠깐 집을 비우는 동안이라도 큰 자리가 나지 않을까 걱정스러워 평소보다 더 꼼꼼히 살피게 된다. 그만큼 매사에 철저해지는 것이다. 역 앞까지 바래다 준 남편의 잘 다녀오라는 부드러운 인사말에 새삼스레 늦은 정을 느껴본다.

아이들이 어렸던 시절이었다. 어느 일요일, 남편과 같이 외출하기를 학수고대했건만 시집 식구들의 느닷없는 방문으로 약속이 무산되었을 때 몹시 실망했다. 그 때 남편의 얼굴은 미안해하기 보다는 아주 당연하다는 듯 당당하기만 했다. 그만기가 꺾인 나는 그가 밉기까지 했다. 그러나 그런 일이 자주 있다 보니 이젠 아예 여행을 포기한 지 오래 되었다. 세월은 아이들이 자라는 동안 쏜살같이 지나가 버렸고, 체념의 시간 속에서 터득한 것이 나 혼자만의 세계였다. 그것은 미웠던 그에게 다소나마 앙갚음을 할 수 있다는 생각에서였다. 그래서 열심히 글을 쓰게 되었다. 외로움 속에서 아름다움을 만끽할 수 있었고, 또 많은 가르침도 받게 되었다. 시집 식구들의 입씨름에 고달팠던 시집살이를 잘 참고 이겨낼 수 있었던 것도 글을 쓸 수 있는 마음의 공간이 나에게 주어졌기 때문이다. 나는 이것을 늘 감사하고 있다.

나와 똑 같은 처지에 있던 친구가 오늘 여행길에 따라 나섰다. 나는 그 동생 같은 친구에게 우스갯소릴 하며 마음을 달래 주었지만 냉전중인 그녀의 마음을 살펴주기엔 너무나 먼 거리였다. 차창 밖 싱그러운 산야가 '변사'도 없이 옛날 활동사진처럼 지나간다. 바깥 풍경에 매료된 우리들은 어린 아이같이 팔을 들어 가리키며 "와!" 하고 벅찬 감동을 표현했다. 개나리와 진달래, 벚꽃이 나지막한 계곡 사이로 만발했고, 먼발치로 보이는 초록색 보리밭 사이로 연분홍 복사꽃이 피어 있는 들판은 고향의 봄같이 다정스럽기 만하다. 어쩌면 연인들의 속삭임같이 가슴이 설렌다.

서울역을 출발한 문화기행 열차는 벌써 논산과 익산을 지나 전주에서 임실을 거쳐 남원을 향하고 있었다. 그 옛날 방자가 춘향이의 애끓는 편지를 봇짐 속에 넣고 이 도령을 만나러 떠난 길이라고 누군가 열심히 말해준다. 심술궂은 변 사또에게 옥고를 치르는 동안 서울로 떠난 이몽룡의 소식을 얼마나 기다렸겠는가. 구구절절이 사랑의 편지가 오고갔을 것이다. 이런 상념 속에 깜빡 잠이 들었나보다. 나는 은하철도 999를 타고 어둠의 세계를 달린다. 지팡이도 없는 장님처럼 계속 달려가고 있다. 한없이 불안한 마음으로 유령의 도시를 지나 폐허의 광장을 거쳐 우주 정거장에 도착했다. 햇볕이 쏟아지는 벌판에 금발의 메텔 소녀가 서 있다. 철이 소년의 애끓는 그리움이 메텔 소녀를 움직인다. 행복 찾는 나그네의 눈동자는 불타오르고…, 환청이라 해야 할까, 비몽사몽간에 지껄인 꿈속에서 나는 '메텔이냐, 나그네냐' 하면서 흑백을 가르며 고민하고 있었다. 만화영화 꿈을 꾸었던 것이다.

기차는 섬진강의 은빛 모래밭을 끼고 압록으로 향하고 있었다. 때마침 객실에선 동편제의 진도아리랑이 한창이었다. 드디어 오늘에야 남도창을 듣게 된 것이다. 항상 어디를 가나 죽이 맞는 친구와 함께 어깨를 흔들며 객실 칸으로 달려가지 않았겠는가. 듣기만 해도 어깨춤이 저절로 덩실덩실 흥이 난다.

"아리 아리랑 스리 스리랑 아라리가 났네, 에 – 헤. 아리랑 응 응 응 아라리가 났네. – 춥냐, 덥냐 내 품안으로 들어라. 베개가 높고 낮거든 내 팔을 베어라"

동편제의 짓궂은 창이 몇 번이나 거듭되며 제법 선정적인 콧노래로 흥을 돋우고 있다. 남원은 우리 문화의 맥을 이어가고 있는 명창의 고장이다. 이 소리는 듣는 사람의 마음을 저절로 신바람 나게 하는 신명이 있다. 남편과 냉전 중이던 친구도 아리랑에 취했는지 열심히 부르고 또 부른다. 오월은 '가정의 달'이니 남도 순환열차를 타고 동편제의 진도 아리랑을 불러 보시라. 서편제의 '사랑가'도 함께라면 더더욱 금상첨화일 것이다. 부디 춘향과 이 도령의 혼백이 나타나 그들 부부에게 화합할 수 있는 사랑의 묘약을 들씌워 주길 바라는 마음이다. 남편을 집에 두고 홀가분하게 떠난 여행이니 만큼 며칠간은 생활의 활력소가 될 것이다.

다시 서울로 돌아가는 길에 섬진강의 작은 마을 곡성에서 점심 식사를 했다. 그곳에서 먹었던 향토색 짙은 동동주와 도토리묵의 맛은 지금 생각해도 정말 일품 중의 일품이다. 그때 우리는 밀전병을 담아온 대바구니 한 개를 슬쩍했다. 곡성 마을의 아저씨가 눈 한번 껌뻑하며 "빨리 집어넣도라고라이" 하며 여행가방 속에 넣어 준 것이다. 밭 일로 군살이 덮인 두툼한 손이 그 마을 사람들의 부지런함을 말해 주고 있다. 그래도 그 손으로 아들딸 공부 시켜 서울로 유학 보냈다고 은근히 자랑하던 모습이 친근감마저 들었다. 우리 부모님도 그렇게 자식을 키웠을 테니까.

서울에 돌아온 어느 날, 시름을 잊기 위함인지 다채로운 풍악놀이에 같이 어울려 어깨춤을 덩실거리던 친구가 궁금했다. 친구 집 전화 다이얼을 조심스럽게 돌리던 나의 기우가 무색하게 친구의 딸은 "엄마 아빠 두 분이 여행가셨어요" 하는 것이다.

2. 내 고향 서울

내가 가장 갖고 싶었던 일

지금 나는 인천대교를 건너가고 있다. 송도에서 서해안을 띠를 두르듯이 영종도에까지 이어진 대교는 인간의 희망과 노력을 연결한 마음의 다리인 것이다. 많은 공법을 적용했을까. 직선으로 건너가지 못한 다리는 서해의 거센 파도와 바람을 막을 수 있도록 구불구불 휘어져 있다. 여러 곳에 사진 촬영을 금지시킨 걸 보면 그 만큼 위험이 있다는 것을 말해 주고 있다. 어쩌면 우리가 살아온 인생 여정을 뒤돌아보는 것 같아 깊은 상념에 빠진다. 같이 간 친구는 살짝 자리를 골라 내 모습을 카메라에 담았다. 바람은 머리칼을 휩쓸며 금방이라도 몸 전체를 날려 버릴 기세이다. 아슬아슬하게 서로의 사진을 찍고 잽싸게 서둘러 섬에 도착했다. 통과 요금 오천오백 원이 아깝지 않았다.

영종도에 도착한 나는 붉은 흙더미로 밀어제친 공사 현장을 보았다. 길 가장 자리에 밀려 홀로 피어 있는 유채꽃을 보며 아직도 인간의 욕망은 더 많은 공사장을 만들기 위해 자연을 훼손시킬 것이라는 매너리즘에 빠지게 되었다. 그 터는 유채꽃의 군락지였음을 짐작할 수 있었다. 외롭게 피어 있는 이 꽃이 갑자기 가련한 어머니 생각으로 머리를 어지럽힌다.

어머니의 신혼살림은 영종도에서 시작되었고, 아버지는 일본 회사에서 이곳으로 발령을 받은 맨 처음의 한국인이었다. 엄마는 앓고 있는 아들을 업고 육지에서 배가 오기를 기다렸다. 두 주일이 지나서 배는 도착했고, 인천 도립병원에 입원시켰다. 첫돌이 지난 아기는 말을 조잘거리며 '엄마, 아지이' 하며 뛰어 다녔다고 한다. 일본인 의사에게 야단을 맞고 썰렁한 병실에 입원을 시켰으나 아기는 폐렴으로 인해 저 세상으로 가고 말았다. 그때에도 서해안 바람은 매서운 바람이었다고 한다. 첫돌이 지난 아기는 얼마나 영리했던지 병실 유리창에 거센 바람이 몰아치면 고사리 같은 손으로 "엄마, 춥지?" 하며 얼굴을 더듬었다고 하는데, 그 사랑스런 아기를 돌아가실 때까지 잊지 못했다. 그 애잔함을 누가 알겠는가. 가슴에 묻힌 자식 사랑은, 바닷가에 조차 밀가루 같이 보드라운 아들의 유골을 뿌리지 못하고 조용히 꽃씨와 함께 화분에 심었던 것이다.

한 때 제일 가지고 싶은 것이 있다면 오로지 아들 하나 낳아 가져 보는 게 소원이었던 젊은 시절을 회상하곤 한다. 종교를 바꾸어 가면서까지 절에 백일 정성을 들인 나는 떡두꺼비 같은 아들을 낳았다. 돌이 될 무렵 아들이 알 수 없는 병에 시달려 종합병원에 입원시켰다. 그러나 다시 사직동에 있는 G 소아과에 입원을 해야만 했다. 혈액투석을 해야 하는데 몸속에 있는 피를 걸러내고 다른 피로 바꾸어야 한다고 했다. 그 노릇을 어찌 할 수 있겠는가. 마음을 잡지 못한 나는 다급한 엄마들 하듯이 무당춤을 추든, 작두를 타든 무엇이라도 할 마음이었다. 한 달이 지나고 두어 달쯤 됐을 무렵 나는 염주를 돌리며 기도를 올렸다. 조상님께 빌었고 내가 무엇을 잘못했는지 용서를 구했다. 그 기도는 내 엄마와 같은 실패를 하지 않게 해 달라는 안간힘이었다. 애절힌 기도는 병실에서 해야만 했다. 그 때를 회상하지 않을 수 없다.

그 아들은 지금 서른 하고도 두 해가 지나 이젠 장가갈 날을 기다리고 있다. 아버지 일을 이어받아 책임감 있는 건아가 되었다. 아들이 남편과 함께 출근하는 모습이 대견하다. 또 피앙세가 오면 아들만큼이나 사랑스럽고 예쁠 것이다. 아직도 나는 내 책임을 다한 것 같지는 않다. 내가 살아 있는 동안은 그 아이들을 보살필 것이다.

우연히 컴퓨터를 열고 내 카페에 들어갔더니 댓글이 올라와 있었다. 그 댓글은 "선생님의 글이 저를 울렸어요. 어릴 때 재롱부리던 아들 생각이 나서요. 잘 키우고 좋은 엄마 되시리라 믿어요" 라고. K 씨의 눈물 흘리는 모습이 떠오른다. 나도 엄마 생각에 실컷 울고 싶었다. 나는 그녀를 볼 때마다 동생같이 동정이 가곤 한다. 그것은 며칠 전 우리 문학회에 젊은 미모의 작가 지망생이 〈아들〉이란 제목으로 글을 발표했는데, 실험실도 다니면서 고생 끝에 아들을 낳은 이야기였다. 아주 적나라하게 어느 누구도 겪지 못한 고통과 아픔을 열심히 써 내려가고 있었다. 늦게 얻은 아들이니 만큼 아기자기한 내용도 부족해 인터넷에 세발자전거를 타는 모습도 올라와 있다. 그것도 부족해 이젠 딸도 하나 낳고 싶다고 기염을 토하고 있었다.

아마도 삶이란 수수께끼처럼 알쏭달쏭할 때가 있나 보다. 내 인생을 돌이켜보면 나는 항상 외로운 겨울 나무였다. 쉽게 살아온 사람이 있는가 하면, 인천 대교의 결실처럼 노력에 노력을 하며 살아온 사람도 많다. 이 유채꽃만큼이나 무리에 끼지 못하고 외로운 때도 있었으리라. 모든 걸 초월한 것 같은 삶을 살고 있는 그녀도, 나도 이 중에 하나일 것이다.

내 고향 서울

    도도히 흐르는 강물 따라 내려가는 하얀 유람선이 비단처럼 곱다. 언제나 한강은 말이 없다. 한강은 우리나라의 허리와 같은 위치에 있어서 흔히 민족의 젖줄이라는 말을 많이 한다. 강원도와 충청도에서 작은 시냇물이 모여들어 북한강과 남한강을 이루고 합쳐서 서울의 한가운데를 관통하여 유유히 흐르는 강물이다. 예로부터 한강을 차지하는 조선족 집단이 나라를 지배한다는 말이 있다.

    내 어렸을 때 고향은 샛강이 지나간 영등포 쪽에 위치한 작은 동네였다. 강가에 빨래하러 가시는 어머니 치마를 붙들고 도시락 가방을 어깨에 메고 쫄랑쫄랑 따라가며 즐거워했다. 일본사람 '스즈키'가 살았던 집 앞을 지날 때면 항상 무서움에 떨곤 했다. 흉가처럼 텅 비어 있는 집 마당에는 맨드라미와 금잔화가 눈부시게 찬란했다. 언덕을 올라서면 멀리 강 건너편의 당인리가 한눈에 들어왔고, 우측으로 노량진 철교와 누군가의 별장이 있다는 명수대가 보였다. 바로 코밑은 샛강 쪽으로 땅콩 밭과 옥수수 밭이 가득한 여의도 모래밭이었다. 장마철이면 붉은 흙탕물이 스즈키네 집 계단까지 올라왔다. 홍수에 떠내려가는 초가지붕 위에 홀로 서 있는 수탉을 애처롭게 바라 본적도 있었다. 그 밑에는 나루터가 있어서 여의도에서 옥수수와 땅콩을 나룻배에 싣고 와서 풀었다. 그때의 옥수수 맛과 땅콩 맛은 기가 막히게 좋았다. 그러나 가뭄이 드는 때면 여의도까지 개헤엄을 쳐서 샛강을 건너갔고, 타박타박 모래밭을 걸어가기도 했다.

초등학교 2학년 때의 일이다. 동네 남자아이들과 어울려 땅콩 서리를 간 일이 있었다. 모래밭에서 익지 않은 땅콩이 줄줄이 매 달려 올라올 때면 주인이 등 뒤에 서 있는 줄도 모르고 마냥 즐거웠다. 주인한테 들켜서 혹독한 벌을 받은 기억은 지금도 잊을 수가 없다. 친구 정숙이와 내가 쪼그리고 앉아 지켜보는 가운데 남자 아이들은 알몸으로 토끼뜀을 뛰게 했다. 그때의 놀라움이란…. 체벌이 끝나고 집에 돌아올 때는 모두 말이 없었고, 동심의 세계는 이미 깨져 버린 뒤였다. 석양이 뉘엿뉘엿 넘어갈 무렵 동네 어귀에 들어섰을 땐 벌써 동네가 발칵 뒤집혔다는 소식을 척후병 호용이가 뛰어와서 알려주었다.
하루 종일 아이들을 찾는 어머니의 마음은 어떠했을까. 땅콩
밭 아저씨는 이름이 '고바야시'라는 일본 이름으로 키가 작은
야무진 아저씨였다. 그런 사람이 우리의 이웃에 살았다는 것
에 어머니들은 매우 분개했다. 후에 안 일이지만 땅콩 한 되씩
을 아이들 집에 나누어 주었지만, 아무도 먹지 않았다고 한다.

지금도 나는 붉게 톡톡 여문 땅콩을 보면 햇빛에 타오른 고
바야시 아저씨의 얼굴이 저절로 생각난다. 일본식 체벌을 당
한 우리들이기에 그 매서움은 두고두고 가슴을 서늘하게 했
다. 어릴 때의 친구들은 모두 떠났지만, 그래도 나는 고향을
버리지 않았다고 자부한다.

땅콩 밭이 많았던 여의도가 지금은 높은 빌딩 숲으로 변한
것을 볼 때, 그것은 필연적인 어떠한 힘이 작용한 때문이 아닐
까 생각한다. 지금은 한강에 놓여 있는 큰 다리들이 셀 수 없
이 많아졌다. 상류로부터 말하자면 천호대교, 올림픽대교, 잠
실대교, 영동대교, 한남대교, 동작대교 등등 아무튼 행주대교
까지 20개에 가까운 다리들이 놓여 있다.

내 고향 서울에는 한강대교와 철교, 두 다리만 있었다. 철교
사이로 연기를 뿜으며 기차가 지나갈 때에는 물고기가 어망을
뚫고 도망치는 것처럼 보여, 나는 마음을 졸이며 아슬아슬하

게 지켜보곤 했다. 또 하나 잊을 수 없는 기억 중에 하나는 해마다 10월이면 국군의 날 행사로 한강 인도교 근처에서 열렸던 '비행기 공중 쇼', 즉 '에어 쇼'이다. 많은 인파가 노량진과 한강 인도교에 몰려들었고, 전차는 한강을 건너지 못했다. 내가 발돋움을 하며 보았던 '에어 쇼'는 정말로 장관이었다. 흑석동의 명수대 쪽에서부터 비행기가 날개를 뒤집고 재주를 부리며, 한강 인도교 밑을 빠져 나갈 때는 손에 땀을 쥐게 했고 저절로 함성이 터졌다.

봄·가을이면 학교에서 '사육신묘'로 소풍을 가곤 했다. 점심을 먹을 때에는 묵념을 올리고 난 뒤 밥 한 숟갈 반찬 한 젓가락을 떠서 '고수레!' 하면서 버렸다. 그 때는 어떤 연유인지도 모르면서 선생님이 시키는 대로 했을 뿐이다. 요즘은 에어 쇼도 볼 수 없고, 땅콩 밭도 사라져 버린 지 오래 됐지만 잔잔하게 미소 짓는 강물만은 여전히 침묵을 지키고 있다. 봄·여름·가을·겨울 내 고향은 한강을 굽이쳐 흐르며 발전했고 탐스런 복사꽃은 해마다 만발했으리라.

오늘도 나는 푸른 하늘 위로 높이 나는 오색이 영롱한 연을 바라보며 향수에 젖는다. 끝없이 푸른 강변의 잔디는 우리에게 휴식과 희망을 준다. 푸른 물결 위에 하얀 유람선이 평화롭게 뜨는 한, 내 고향 서울은 세계 속에 웃음꽃을 피우리라.

노을

　겨울비가 내리는 이슥한 밤이다. 이런 밤이면 지나간 옛날 생각에 잠을 설치게 된다. 혹여 그때 내가 했던 이야기가 잘못되어서 결과가 좋지 않았나 하는 근심스러움과 함께 다른 즐거웠던 일이 떠올라 혼자 피식 웃기도 한다.

　오늘도 나는 연습실에서 악기 연습을 하고 있는 입시생 딸을 보살피느라 여념이 없다. 비를 맞으며 뛰어가서 사 가지고 온 붕어빵을 먹으면서 커피 한 잔에 외로움을 달래고 있다. 어느 샌가 허전한 마음은 20여 년 전 그때의 저녁노을을 향해 끝없이 달려간다.

　늦가을 석양이 14층 건물 안을 눈부시게 비추고 있었다. 회장님 실에서 늦게 접견을 끝내고 나온 어떤 스님이 내게로 다가왔다. 14층에서 1층까지 내려가려면 승강기를 오래 기다려야 했다. 태양을 등진 스님은 비쩍 마른 몸에 회색 가사를 걸친 모습이 한없이 썰렁해 보였다. 딱 단둘이만 서고 보니 어색하기조차 한데 보기보다 음성이 나긋이 가라앉은 목소리가 정겨웠다. 차츰차츰 스님 말씀에 귀를 기울여 들어 보니 내 신상에 관한 이야기를 하는 것이었다.

"이 다음에 결혼해서 아들을 낳으려거든 절에 불공을 많이 드려야 합니다"고 했다. 나는 스님을 뒤로 한 채 계단을 곧장 뛰어 내려갔다. 더 이상 비쩍 마른 남자와 서 있다는 것이 숨막히고 역겨웠다. 직장생활을 꽤나 오래 했던 나는 교회에서 청년회 활동을 열심히 했었고, 자원봉사도 활발히 할 때였다. 스님의 이야기는 어떤 사탄의 소리로만 알고 잊어버리고 싶은 심정이었다. 후에 늦게 결혼했던 나는 두 딸과 끝으로 아들을 가진 엄마가 되었다. 그러나 시부모님과의 갈등으로 마음이 편치 못했으며 심지어는 남편과 별거까지도 생각하게 되었다. 억압당했던 마음을 달랠 길이 없었던 나에게 생각난 곳이 스님이 계신 절을 찾기로 마음을 정했던 것이다.

가도 가도 끝이 없이 울울창창한 숲속 길을 간간히 땀을 닦으며 올라갔다. 계곡에는 칡넝쿨이 서로 얽혀 '만수산 드렁 칡이 얽혀진들 어떠하리'였다. 늦가을 만추에 깃들인 석양이 굵직한 칡   속을 비출 때 그 얽힘이 어쩌면 우리의 삶과 같아서 한숨이 저절로 나왔다.

　얼마 후 절에 도착했을 때에는 스님이 계실까 하는 생각에 가슴이 두방망이질 쳤다. 그 곳은 서울 시내가 한눈에 내려다 보이는 아늑한 절이었다. 멀리 보이는 푸른 하늘가에는 벌써 저녁노을이 붉게 하늘을 태우고 있었다. 낙엽이 두둥실 떠있는 약수 물을 한바가지 떠서 목을 적신 후에 바람 부는 곳을 향해 땀에 젖은 옷을 들썩들썩 흔들었다. 그때였다. 몸집이 우둥퉁한 스님이 헛기침을 하며 나타났고, 곧이어 공양주 보살이 쪼르륵 따라 나와 바가지로 샘물을 떠서 저녁을 지으려고 쌀을 박박 씻는 것이 보였다. 그리곤 또 한 스님이 얼굴을 돌리는 순간, 나는 그가 누구인지 한눈에 알아 볼 수 있었다. 비쩍 마른 몸매에 썰렁했던 그가 주지 스님이 되었다는 것을.

　“무슨 일로 오셨습니까?” 공손히 인사하는 그 음성은 20여 년 전 노을 속에서 들었던 낭랑한 그 목소리였다. 나는 반가워서 어쩔 줄을 몰랐다. 그러나 스님은 내 존재를 전혀 알지 못했다. 이러한 만남은 내 자신이 하늘 아래에서 가장 작은 모래알 고금이란 것을 느끼게 했다. 초라해진 내 모습에 지푸라기라도 붙잡을 것 같은 심정을 스님은 너무도 잘 파악하고 있는 듯 했다. 나도 모르게 마음속의 갈등을 털어놓고 의논할 수가 있었다.

　그리하여 울적할 때마다 산에 오르곤 했다. 봄에는 진달래

향기가 산길을 메워 주었고, 산새들이 둥지를 틀고 앉아 푸드
득거림도 감미로웠다. 가을에는 칡넝쿨 속에 숨어있는 머루랑
다래의 검정 과실이 코끝을 취하게 했다. 바위에 부딪히며 흰
거품을 잉태케 하는 폭포의 소리도, 겨울에는 하얀 눈이 덮인
계곡이 침묵하고 있었다. 숲의 조용함은 메아리만 쳐도 눈이
사르르 쏟아질 것만 같은 애잔한 교향시였다.

　이러한 모든 것이 산에 오르는 즐거움이기도 했고, 대화를
나눌 수 있다는 것이 더 큰 즐거움이었다. 어느덧 매달 초하루
날이 되면 정성을 다해 향과 공양미를 보자기에 싸서 산에 오
른다. 항상 어려운 일로 고민할 때는 서슴지 않고 토론했다.
그럴 때마다 그는 명쾌한 결정을 내렸고, 나를 구설수에서 벗
어나게 해주었다. 그러한 생활 속에서 나의 마음은 평정을 되
찾고 사회생활도 무난히 할 수가 있었다. 나도 모르는 사이에
불교의 종교적인 관념 속에 내 자신을 집어넣고, 어려웠던 시
절의 잡다한 일들을 정돈해 버렸다. 그리고는 종교보다는 조
상을 받드는 일이 순서임을 깨닫게 되었다. 조상도 모르는 사
람들이 종교 싸움만 한다는 것을 비유한 스님의 가르침을 지
금도 나는 고맙게 생각한다.

　이렇게 비오는 밤이면 어느 무덥던 여름날 절에서 급히 올
라오라는 전화가 왔을 때 달려가지 못한 것을 아쉬워하고 있

다. 그때가 그리워진다. 삼복더위에는 산에 오를 수가 없었고 피서 철이라 이럭저럭 두어 달이 넘어갔다. 어쩌면 그것은 내 핑계였는지도 모른다. 그 이후 스님을 다시는 볼 수가 없었다. 어쩌면 노을이 지는 저 산 너머에 행복이 있을 거라고 누가 말했던가.

돈

　개나리가 만발한 올림픽대로를 달렸다. 노란 웃음으로 가득한 유혹을 만끽하노라면 벌써 깊숙한 봄을 알리는 합창 소리가 들리는 듯하다. 차창을 빠끔히 내리면 완연한 봄의 환희 속에 파묻힌다. 이럴 땐 담배 연기 휘날리며, 날아갈듯 한 중절모를 쓰고 달리는 멋진 남정네의 모습을 생각해 본다. 혹여 내가 남자였더라면 그렇게 하고도 남았을 것이다. 어느 덧 차가 국회의사당 쪽을 향해 미끄러지듯 오른쪽으로 구부러져 KBS 홀로 돌아서면, 개나리꽃 울타리 위에 씩씩하게 솟아있는 벚꽃의 화사한 웃음이 또 한 번 나를 매료한다.

　이 세상에 꽃이 없었다면 얼마나 삭막했을까. 꽃을 여성에 비교하는 사람들도 많지만 어쩐지 여성을 아름답게 보기보다는 약간의 야유가 섞인 말이 아닐까. 아침 방송에서 한보청문회사건을 보다가 나왔는데, 여의도 양반님들과는 달리 꽃들의 세계는 환상적이기만 하다. 청문회에 나온 증인석 국회의원들의 질문은 옳고 그름의 심문으로 시작되었고, '예'나 '아니오'로 답변하는 이 청문회는 여의도 양반님들의 말씨름 공방전이었다. 해보나 마나한 청문회 같기도 했다. 저변에 깔려 있는 본바탕 색깔은 바로 돈의 출처를 알아내고자 함이었다. 하지만 심문하는 쪽이 심문 당하는 것 같은, 거꾸로 된 청문회가 어떻게 될지 앞으로의 일이 궁금하기만 할 뿐이다. 민주주의 꽃이라고 할 수 있는 그들을 일시에 피었다가 거센 태풍이 불면 바람과 함께 날아간 꽃잎에 비유해 보는 것은 어떨지…. 문득 '하이네'의 시 한 구절이 생각난다.

"너는 한 송이 꽃과 같이 그다지도 귀엽고 예쁘고 깨끗하여라. 너를 보고 있으면 서러움은 나의 가슴 속까지 스며드누나"

울창한 개나리와 벚꽃이 둘러싸인 틈사이로 보이는 의사당 건물이 위풍이 당당하다. 가족 끼리나 애인 끼리 봄 소풍 나온 두어 무리의 상춘객이 꽃그늘에 싸여 아롱거린다.

오늘 아침, 아파트 입구에서 승용차에 골프채를 싣고 있는 친구를 보았다. 평화로운 그 모습이 부럽기까지 했다. 늘 출근 길에서 그들 부부를 보며 요즘 나의 직장생활이 몹시 바빴다는 생각을 해 봤다. 여자치고는 너무도 바쁘게 살아 온 나날이 갈증을 일으키며 갑자기 목이 따가워졌다. 그것은 일 년 전 그 친구의 권유로 다섯 배 이상 대출 받을 수 있는 적금을 들었던 일이 생각났기 때문이다. 그렇지만 대출 받을 기간이 되었을 때 거절 아닌 거절을 당하고 말았다. 친구의 남편은 그 은행의 지점장이었으나 나를 믿지 못해 나의 남편이 보증을 서야 한다고 행원을 시켜 전달했다. 여성들의 사회활동은 적극 장려할 일이며 앞으로 대한민국의 여성들만이 국가경제를 살릴 수 있는 유권자라고 기염을 토한 어느 정치인의 연설이 귓전을 울렸다. 결국엔 적금을 해약하고 등을 돌려야 했다. 나는 그들을 보는 순간 청문회는 아랑곳없다는 듯한 그 태평스러움에 마음이 깔끄러웠다. 국가 금융이 무너져도 나만 편안하면 그만이지 하는 안일 무사함이 어쩌면 오늘의 경제를 내리막길로 치닫게 한 원인인지도 모른다. 더불어 부정부패는 나날이 늘기만 했고, 사방에선 부실공사가 속속 터지고 있다. 사회 곳곳에선 착실하게 직장생활 하는 여성들이 나와 같은 어려움으로 허덕이는 경우가 많다. 금융 대출에 있어서 여성에게는 항상 은행 문턱이 높기만 했다. 내가 만약 은행의 직원이었다면 혜택을 받았을 것이다. 말로만 내 건 상품이었지 우선순위는 자기네 직원들만이 이용하는 대출이란 걸 알 수 있었다. 나에겐 재직증명서가 있었음에도 불구하고, 그 일은 여성을 인정하지 않는 뿌리 깊은 인격적 비하였던 것이다. 이런 사회가 계속되는 한 부정부패는 소멸되지 않을 것이다.

내 주위에는 훌륭한 여성들이 많이 있다. 그러나 그 능력을 인정받지 못하는 경우를 종종 보게 된다. 경제적인 여건이 좋지 않아 전전긍긍하는 여성들도 많이 보았다. 하지만 하나같이 남편을 통해 인정받아야만 한다면 홀로 서기는 결코 쉽지 않을 것이다. 그렇다면 누가 보증을 얼마나 서 주어서 한보청문회가 국회를 들썩거리겠는가. 국회의사당 주변에 피어 있는 노란 개나리가 노란색을 좋아하는 그들을 비웃기라도 하듯 간밤에 불어 닥친 꽃바람에 눈 맞추어 달아나 버렸다. 제 분수에 맞게 주제를 알고 파악하면 실수가 없을 것이다.

옛말에 "돈은 개 같이 벌어서 정승같이 쓰라"는 말이 있다. 이 뜻은 열심히 노력해서 모은 돈을 좋은 일에 잘 쓰면 정승 같은 대우를 받을 것이며, 분수를 모르고 방종하게 쓰면 돈에 끌려 다니는 개꼴이 된다는 뜻일 것이다.

만남

황금물결이 출렁이는 들길을 지나 숲속 길로 접어들었다. 작은 다리를 건너 오솔길을 따라 멀리 절터가 보이는 언덕까지 올라섰다. 해마다 이맘때쯤이면 암자에 들러 절 근처에 있는 나지막한 묘지를 살펴보곤 한다. 붉게 물든 단풍은 산들바람을 맞으며 소리 없이 나부낀다. 외롭게 피어 있는 들국화 무덤이 더욱 슬프게 한다. 무슨 이야길 꼭 하고 싶었으면서 끝내는 말 한마디 못하고 떠난 동생의 해맑은 미소가 안타깝게 그리워진다. 그러한 아쉬움을 남겨 준 사촌 여동생의 얼굴이 눈앞을 가린다. 그녀가 세상을 떠난 지 이십 년이 넘었어도 내 마음속에 오랫동안 살아 있다. 해마다 피어나는 가냘픈 코스모스 꽃 웃음이 동생과 같아서이다. 가련한 꽃 한 송이 피지도 못한 채 떠나버린 그녀이기에 이렇게 아쉬워하는 것이다.

올해도 무덤가에는 작년에 씨 뿌렸던 코스모스 꽃이 만발했
다. 그 혹독한 유월의 땡볕 속에서도 '언니' 하며 따라 다니던
동생이 있었다. 나는 다섯 살, 동생은 네 살이었다. 코스모스
를 한 움큼 뜯어서 내 손에 쥐어 주던 조그마한 손. 그 손길을
나는 매몰차게 뿌리치곤 했다. 나의 부모님은 작은 엄마와 떨
어져서 우리 가족과 함께 피난 나온 사촌 여동생 영혜에게 온
통 관심이 쏠려 있었다. 내 사랑을 앗아간 그녀가 미웠다. 나
는 보리밥을 먹기 싫어서 울었고, 몸이 약한 영혜는 몇 알 안
되는 쌀밥을 삼키지 못해 울었다. 우리는 갯벌 가에 망둥이가
뛰는 걸 잡으려고 이리저리 쫓아 다녔다. 넘어가는 석양빛에
까맣게 그을린 우리는 펄펄 뛰는 망둥이 대신 온몸에 갯벌 흙
으로 미역을 감았다. 아무리 씻어도 갯벌 흙은 씻어지지 않고
미끈거리기만 했다. 지금도 기억에 생생히 남는 것은, 저녁노
을에 붉게 물든 그 동생의 곱슬머리와 길 다란 속눈썹 사이로
눈물이 방울방울 맺혀있는 것을 볼 때였다. 항상 동생대신 언
니인 내가 혼이 났건만, 무엇이 그녀를 그렇게 슬프게 했는지
모른다.

9.28수복이 훨씬 지나서 서울에 도착했을 때에는 영혜가 꼬
챙이처럼 몸이 야위었다. 넉 달 만에 작은엄마를 만난 동생은
엄마가 누구인지 전혀 몰라봤다. 오히려 우리 엄마를 보고 "엄
마!" 하며 매달렸다. 작은 엄마의 애절한 울음은 그칠 줄 몰랐

다. 모녀의 상봉은 우리들에게 미안한 마음을 금할 수 없게 했다. 피난길을 작은엄마가 따라 나섰으면 좋았을 텐데, 당신의 친정 오라버니 소식이 궁금하다며 서울에 남았었다. 남달리 형제간의 우애가 깊으셨던 아버지는 만날 장소를 약속하고 갓난아기를 안고 있는 작은엄마의 짐을 덜어주기 위해 영혜를 맡았던 것이다. 그러나 피난길은 어긋났고, 서로 만나지 못했다. 네 살 배기 사촌 여동생은 우리 가족과 함께 당진으로 내려갔고, 엄마와 이별 아닌 이별을 했다. 그 후에 두 집안은 사이가 악화되어 화목하게 지내지 못했다. 그래도 살아서 돌아온 것만도 소중한 삶일진대 우리를 이해하기에는 너무나 감성이 메말라 있었다. 영혜는 작은 아버지 댁에 돌아가서 밤낮없이 울며 보채었다. 엄마에게 데려다 달라고…, 어린 아이가 자신의 부모를 도무지 알아보지 못했을 때 작은엄마의 심정은 어떠했을까. 친부모의 따뜻한 품속으로 되돌아온 아기 오리는 백조의 기억이 환원될 때까지 많은 시일이 걸렸으며, 집안 어른들의 피나는 노력이 필요했다. 동생이 앓는다는 소문에 그 애가 보고 싶어 여러 달 동안 작은집 근처를 배회했지만, 어른들의 만류로 나는 얼씬도 할 수가 없었다. 그러한 섭섭한 마음이 두 집안을 멀어지게 했는지도 모른다.

몇 해가 지난 후 학교에서 그녀를 만났을 땐 너무 반가워서 우리는 친 자매처럼 얼싸안았다. 우리의 우애는 다시 샘물처럼 솟았고 얼굴은 분홍빛으로 물들었다. 학교를 졸업한 후 내가 직장을 다닐 때였다. 겨울을 재촉하는 비가 우박을 동반한 채 한바탕 내리 퍼붓고 있었다. '우산을 가지고 나올 걸…' 하며 사무실 유리창만 지켜보고 있었다. 유리창에 부딪히는 우박 알맹이는 쨍 소리를 내며 깨어져 흩어진다. 그리곤 우두둑 가랑잎 떨어지는 여운을 남긴 채 부서지며 헤어지고, 만났다가 깨지는 것이다.

이렇게 만남과 헤어짐의 묘한 이치를 골똘히 생각하고 있을 때였다. 갑자기 등 뒤에서 "언니, 오랜만이우!" 하는 소리가 들렸다. 코스모스 꽃을 한 아름 안고 서 있는 그녀는 이 세상 어느 누구보다도 아름다운 얼굴이었다. 순간 나는 동생의 예쁜 일굴을 보며 강렬한 질투로 입을 삐죽거렸다. 올드미스의 히스테리였던가. 동생이 새삼 얄미웠다. 그것이 동생과의 마지막 만남이었다.

가슴앓이를 심하게 앓았던 영혜는 결혼한다는 말을 해주려고 왔던 것이다. 언니인 나보다 먼저 결혼하게 된 것이 미안해서인지 말 한 마디 못한 채 떠나 버렸다. 그것은 나의 냉정함 때문에 생긴 슬픈 이별이었다. 그녀가 위독하다는 말을 듣고 달려갔을 땐 이미 백조의 날개는 몸짓을 멈춘 뒤였다. 만남과 헤어짐은 시작이며 끝이라고 누가 말했던가. 어렸을 때의 마음고생이 그녀의 작은 가슴을 그렇게 멍들게 했나보다.

　낙엽이 쌓인 오솔길을 자박자박 걸었다. 모든 나무들이 입을 다물고 임을 맞이하는 고요한 침묵. 바로 그것이다. 동그마니 바라보는 들국화 한 송이가 영혜의 눈길처럼 조용히 미소를 짓는다. 아직도 아우성치며 나부끼는 여름 빛깔이 나무에 걸려 있는데…, 한 잎, 가랑잎이 살그머니 떨어질 때 가슴 아프도록 지친 소리.
　"언니, 오랜만이우!"

매미

무더위가 가시지 않은 이른 새벽부터 매미가 운다. 매미는 꽃향기가 솔솔 풍기는 앞 베란다 쪽 방충망에 붙어있다. 들어오지 못하고 "매앰 맴" 울어 제치는 그 놈이 내게는 아주 반가운 손님이다. 초복 더위는 찜통의 나날이었고, 그 울음소리는 나에게 더위를 쫓아줄 만큼 신선하기만 하다. 여름이면 시원한 청량제를 싣고 오는 매미가 해마다 기다려진다. 똑같은 놈이 오는지, 아니면 또 다른 매미가 오는 길목인지 알 수는 없지만 숲도 없는 도심에서 우리 집에 와서 울어 주는 것만으로도 즐겁다. 잎이 무성한 나무에 붙어 앉아 여름을 마음껏 즐기며 노래할 터인 즉, 어쩌다 우리 집 방충망에 걸려 저렇게 자지러지게 울어댈꼬…, 어쩌면 바깥세상과 격리되어 있는 꽃들에게 "얘들아 같아 놀자!" 하며 대화를 나누는 것 같기도 하다.

우리 집 베란다에는 가지가 뻗은 철쭉나무가 방충망 가까이 있고, 긴 화분에는 하얀 고추꽃이 초롱초롱 피어 있고, 그 사이로 파란 풋고추가 주렁주렁 달려 있다. 또 동양란과 군자란, 그 밖에 다른 꽃들도 어우러져 시골다운 분위기를 풍겨 주는 나의 작은 정원이기도 하다. 잡다한 화분으로 채워진 시골 풍경에 방충망을 열고 이 여름 신사를 맞아들이고 싶다. 꽃들과 어울리게 해 주고 싶어서 아주 작은 소리로 "안녕, 잘 있었니?" 하며 해마다 우리 집에 오는 요정인 양 의인화시켜가며 앙증스럽게 동화 속에 폭 빠지고 싶었다. "꽃들과 이야기 하고 싶어서 왔니?" 하는 둥 시적인 감흥에 빠져 열심히 매미와 이야기를 하고 있는 동안이었다. 갑자기 베란다 가까이 있는 방문이 "탕!" 하고 닫히는 소리가 들렸다. 결혼 날 잡아 놓은 작은 딸이 마치 소음공해인 양 툴툴거리며 신경질적으로 방문을 닫아버린 것이다. 매미는 놀라서 푸드득거리다 날아간 뒤였다. 그 아쉬움이란 장난감 놓쳐버린 아이처럼 서운하기 이를 데 없다. 멋쩍은 마음의 표현을 어떻게 나타낼 수가 없어 "내년에 또 오거라!" 하며 커다란 소리로 인사하며 손을 휘저었다.

아주 어릴 적 매미를 잡아 벽에다 옷핀으로 꽂아 놓고 곤충 채집을 한다고 고집 부리던 나를 꾸짖던 할머니 말씀이 생각난다. "굼벵이가 매미가 되려면 칠년을 기다리다 탈바꿈을 해서 겨우 일주일 산단다" 하시던 할머니 말씀을 나는 기억하고 있다. 그 이후로는 곤충채집을 하지 않았고, 여름방학 숙제는 식물채집만 했다. 초등학교 시절, 나는 여름방학이 되면 할머니 댁에 가서 보냈다. 겨울방학보다 여름방학이 기다려지는 것은, 여름엔 할머니가 만들어 주신 감자떡이며 수제비 맛이 일미였기 때문이다. 아버지 손을 잡고 가방 메고 할머니 댁에 도착할 때쯤이면 우물가 커다란 항아리에선 감자 썩는 냄새가 코를 찔렀다. 서울에서 내려가면 할머니는 썩은 감자를 포대 자루에 넣어 꼭 짜서 감자가루를 만드는 것이다. 강낭콩과 잘 버무려서 그 이튿날 삼베 보자기에 찐 감자떡 한 쟁반을 내놓곤 했는데, 활짝 웃는 할머니 모습을 보며 그 쫀득쫀득한 감자떡을 먹는 맛은 별미였던 것이다. 앞마당 감나무 위에선 보이지도 않게 숨어 있던 매미가 지금처럼 울어 제쳤다. 감자떡으로 포만감을 느낀 나는 그늘진 평상에 누워 하품을 하며 낮잠을 즐기곤 했다. 매미의 소리는 자장가처럼 다정스럽기만 했다. 고요함 속에 울려 퍼지는 이 잔잔한 소리는 고향산천의 우거진 숲과 농촌의 푸른 들녘을 더욱 더 푸르르게 했나 보다. 해가 지는 저녁때쯤이면 나와 함께 낮잠을 즐기던 매미도 찌르르 날개를 털며 텃밭 건너 포플러 나무로 두 마리가 줄달아 날아가 버린다. 암컷과 수컷이라며 "내년에 또 오거라, 훠이"

하시던 할머니 특유의 제스처를 잊을 수가 없다. 환생 설을 믿는 할머니의 신앙심은 어린 내게는 많은 상상력을 심어주신 분이다. 누르끄름한 베옷을 입고 계셨던 정감어린 할머니, 커다란 집을 혼자 지키고 계셨던 꿋꿋한 할머니.

가마솥 같은 더위가 한나절 지나고 나면, 이르기만 한 시골 저녁은 오후 네 시에서 다섯 시경이면 시작이다. 숙제를 뒤적거리다 슬그머니 부엌 쪽으로 가 보면 툇마루 위에는 뽀얀 밀가루 반죽이 반들반들 윤기까지 내며 옹배기 솥에 파묻혀 있다. 한 솥 가득 찬 물이 펄펄 끓고 있는 틈에 할머니는 땀을 닦아가며 반동가리 숟갈로 수제비를 뚝뚝 떠 넣고 계신다. 부글부글 끓어오를 때 주걱으로 휘젓는 모습만 보아도 나는 군침이 넘어간다. 도마 위에는 썰지도 않은 쪽파며 쑹덩쑹덩 썰어놓은 풋고추와 애호박이 성글게 찢어 놓은 마늘 양념과 함께 가마솥으로 떨어지면서 더더욱 끓어오르기 마련이다. 후후 불어 거품이 삭은 뒤에 얇게 썬 감자와 갯벌에서 캐 온 길쭉한 맛살을 한 소쿠리 쏟아 넣는다. 멍석 위에다 한 함지박 떠다 놓고, 한 김 나가고 나면 이웃에서 내 또래의 아이들이 놀러오기 시작한다. 그 일은 할머니께서 아이들을 불러 모아 베푸는 잔치이기도 했다. 한 그릇씩 먹고 나면 등줄기와 얼굴엔 땀범벅이었다. 그때의 수제비 맛은 참으로 별미였다. 어디 그뿐인가. 한 그릇, 두 그릇씩 배부르게 먹은 아이들은 이야기꽃을

피우며 각자 집에 돌아가 찐 감자와 옥수수, 단호박 등을 들고
오기 마련이다.

　여름밤 하늘엔 유난히도 큰 별들이 반짝 거렸다. 무수히 떨
어지는 별똥별 사이로 날아다니는 작은 벌레들, 그 벌레들은
꽁무니에 불을 달고 밤하늘을 누빈다. 마치 하늘이 요정 같기
도 하다. 아이들은 시커먼 고무신짝을 벗어들고 반딧불 잡으
러 논둑 밭둑으로 뛰어다닌다. 둥글게 맴을 그리며 휘두르는
고무신에 걸려 한두 마리씩 내 앞에 놓이곤 했다. 정신을 잃고
멍석 위에 가만히 엎드려 있는 아주 작은 개똥벌레, 이 신기한
벌레는 너무너무 황홀해서 불빛이 꺼질세라 두 손으로 폭 감
싸주며 불씨를 살리듯 호~ 호 불기까지 했다. 텃밭 건너 포플
러 나무에서 우는 매미소리와 밤늦게 컹컹 짖어대는 삽살개
소리며 풀숲에서 울어대는 작은 벌레들 소리, 이 모든 소리는
화음이 잘 이루어진 시골 여름밤의 정취로서 도시에서는 들을
수 없는 자연의 합창이었다.

　이렇듯 내 유년 시절은 아주 행복한 추억으로 남아 있다.
오늘 따라 방충망이 거추장스럽다는 생각이 들며 할머니가 더
욱 그리워진다. 이렇듯 아름다운 소리를 누가 소음공해라고
할 것인가.

물 사랑

　물은 모든 생명체의 근원이다. 우리가 살아가는데 가장 필요한 것이 물이라면 또한 물을 아끼고 사랑해야 하지 않을까. 아놀드 토인비가 말했듯이 '문명 앞에 숲이 있고, 문명 뒤에 사막이 있다' 고 한 것은 인류의 문화는 물과 자연 환경이 조화를 잘 이루어진 곳에서 발달한다는 뜻이다.

　우리 조상들은 태고 적부터 물에 대한 숭상이 아주 극진했었다. 그래서 집안에 우물을 파려면 그 전날 밤 목욕재개하고 정갈하게 씻은 일곱 동이에 물을 가득 채운 항아리를 아무도 없는 뒤뜰에 모셔 놓았다. 이슬이 맺히는 첫 새벽별이 비치는 항아리 밑을 파면 그 곳엔 물기가 맺혀 있어서, 수맥(水脈)이 지나가는 자리란 걸 알고 우물을 팠던 조상들의 지혜에 놀랍기만 하다. 또한 울안에 있는 우물이 흐려지면 집안에 흉사가

생긴다고 하여, 지저분한 물건이나 오물을 버리지 못하게 함
으로서 부정이 타는 것을 막기도 했다.

내가 어렸을 때 우리 집 앞마당에 우물이 있었다. 장마철이
지난 뒤 우물물이 흙탕물이 되자, 엄마가 구리로 된 놋대야를
두레박줄로 묶어 물속에 담그는 것을 보았다. 물론 그 후에 우
리는 깨끗한 물을 먹을 수 있었다.

특히 임산부는 깨끗한 물을 먹어야 건강한 아이를 낳는다는
말이 있다. 아기가 모체에 있을 때에는 한 개의 수정란으로서
그 성분은 90% 이상이 수분이고, 태반 혈액의 83%가 수분이
며, 그 양수가 100%의 물로 되어 있다고 한다. 귀여운 아기가
열 달 동안 양수 안에서 자라고 있다는 것을 생각하면 물이 생
명을 유지하는데 절대적인 요소라는 깃을 느끼지 않을 수 없
다. 임산부가 마시고 있는 물에 의해서 아기를 순산하느냐, 난
산하느냐로 판단이 가능하다는 일본 '성 마리안나' 병원의 의
대 교수인 '니니오까 구스끼'의 발표이기도 하다. 좋은 물을
마시고 있는 임산부는 입덧이 거의 없으며, 태어난 아기도 건
강하고, 산모는 출산 후 모유도 많이 나온다고 밝히고 있다.

내가 초등학교 때 읽었던 '젊어지는 샘물'은 물에 대한 교훈
으로 남아 있다. 어떤 가난한 나무꾼 귀에 샘물 흐르는 소리가

들리는데, 젊어지는 샘물이라고 속삭이고 있었다. 허기진 나무꾼은 물로 배를 채우고 얼굴을 말끔히 씻은 뒤 마을로 내려와 욕심 많은 형에게 자랑을 했다. 붙잡을 사이도 없이 달려간 형은 물을 많이 퍼 마신 결과 응애응애 우는 어린 아이가 돼 버렸던 것이다. 마음씨 착한 동생은 슬하에 자식도 없던 차 아기로 변한 형님을 잘 기르며 행복하게 살았다는 이야기다.

세계 최장수국인 일본은 물로서 자연치유력을 길러 병든 몸도 치료한다고 말하고 있다. 또한 아프가니스탄 서북쪽에는 아직도 원시생활을 하는 '푼자'라는 조그만 나라가 있는데, 이곳에는 병원과 약국도 없지만, 술집이나 담배 가게도 없고 범죄자도 없다고 한다. 그들은 자연식을 주식으로 하며 물은 우리가 음용하는 정수 처리된 육각수보다 더 부드러운 클라스터 분자로 된 자연에 가까운 물로서 인체에 흡수가 빠르다고 한다. 신진대사가 원활한 그들의 수명은 백 세에서 백오십 세라고 하니 가히 우리로서는 상상하기조차 어려운 일이다.

산수(山水)가 수려(秀麗)한 우리나라는 물맛이 좋다. 석회질은 약간 있으나 각종 미네랄을 포함한 우수한 물이다. 좋은 물이란 화산이 폭발할 때 마그마가 흘러 화강암을 이루고, 그 화강암층에 눈이나 비가 왔을 때 지하 깊숙이 스며들어 각종의 지층을 통과하면서 암반층에 저장되고, 그 물이 지층을 통과

하면서 각종 미네랄 성분을 함유하게 되는데 그 맛이 순하고 섬세해 약수(藥水)라고 하는 것이다.

얼마 전 등산했을 때의 일이다. 일행을 놓쳐 버린 나는 홀로 걷다가 산 정상에서 오색찬란한 커다란 연이 날아오르는 것을 보았다. 그것을 보며 계곡의 바람을 타고 훨훨 날아오르는 모습에서 인간의 욕망이 얼마나 큰 것이며 우리의 자연이 훼손될 때까지 끊임없이 도전할 것이란 생각이 들었다. 더욱이 산 속에서 물 한 모금 겨우 마실 샘물을 찾아냈을 때는 너무나 실망이 컸다. 하얀 링거 줄 같은 고무호수가 몇 개씩이나 산 밑으로 뻗어 있었다. 수맥을 찾아 꽂아 놓은 호수는 마치 아기가 자라는 모체에서 생체의 물을 빼앗기는 것 같은 아픔이 느껴졌다.

산이 아파하고 있었다. 산도 살아 숨 쉬는 자연이기 때문이다. 수난을 겪는 우리의 환경은 말없이 병들어 가고 있는 것이다. 그렇게 많은 산을 파헤쳐 물을 고갈시키면 남는 것은 문명 뒤에 오는 사막뿐일 것이다. 물은 우리에게 없어서는 안 될 귀중한 젖줄이며 후손에게 물려줄 소중한 자원이기 때문이다.

물소리

　　푸른 능선을 몇 고개 넘었다. 아무리 불러도 대답 없는 숲속 길에서 엄마를 잃고 헤매는 어린아이 마음이다. 일행 셋은 탈진해 있었다. 그래도 힘을 모아서 "야호~오!" 하고 소리쳤지만, 들리는 것은 우리를 향해 다가오는 바람소리뿐이었다. 산 정상에서 부는 바람은 소리를 안고 산 밑으로 멀리 사라진다. 내 머리 끝을 붙잡다 놓쳐버린 에코는 사나운 바람에 휘말려 쫓겨 간다. 이럴 땐 한 방울의 물이라도 있으면 갈증 나는 목을 축일 수 있으련만, 옆구리에 매단 수통은 달랑달랑 소리가 난 지 한참이었다. 윤기 흐르는 나뭇잎은 봄볕에 마냥 젊음을 과시하는 표정이다. 봉오리 진 꽃들은 앞 다투어 서로에게 눈짓한다. 심산유곡에 퍼지는 꽃들의 속삭임이 들린다.

　　"어서 빨리 꽃을 피우세요. 우리는 아름다운 세상을 살아야 해요"

탈진해 있는 내 귀에 솜사탕 같은 음성이 들린다. 타는 목을
적시기 위해 사방을 둘러보았지만, 물소리는 들리지 않았다.
보이는 것은 하얀 링거 줄 같은 호스가 끝없이 산 밑을 향해
뻗어 있었다. 그 고무호스는 산을 고갈 시키고 있어 물기 없는
가랑잎은 생체수를 빼앗기는 아픔이었다.

산이 아파하고 있다. 물 흐르는 소리가 들리지 않고 신음하
는 소리만 들린다. 태고 적 엄마의 몸체 속에서 헤엄치던 그때
가 그립다. 마음 놓고 기지개 펼 수 있는 물소리는 꽃망울 터
트리는 기쁨이어라. 우리의 자연을 모든 생명의 원천인 모태
의 생체수로 돌려주었으면 좋겠다.

드디어 에코는 바람의 끝을 잡아 돌려 길 잃은 우리를 남편
들과 맺어준다. 우뚝 서 있는 그들의 손에 물 한 병이 들려 있
었다. 아! 그리운 물소리.

3. 별 헤는 밤

미소

촉촉이 내리는 봄비가 아스팔트를 적신다. 개나리꽃으로 일색을 이룬 도로변은 노란 꽃들의 웃음으로 가득하다. 알에서 깨어난 햇병아리 날개처럼 보드랍게만 보이는 개나리꽃은 갓 태어난 아기의 숨결로 그 향기가 다가온다.

나는 지금 시집간 첫딸의 산고를 도우려고 병원으로 향하고 있다. 벌써부터 마음속에선 아기를 낳았을지도 모른다는 생각이 든다. 어쩌면 아직도 산고 속을 헤매고 있을지 모르는 딸을 생각하면 공연히 가슴이 저려온다. 당연히 겪어야 할 고통이지만, 그래도 내 딸만큼은 순산하기를 바랐다. 황급히 병원에 도착하니, 안사돈께서 반갑게 맞이하며 산모는 아침 일찍 유도분만실에 들어갔다는 것이다. 문 밖에서 노심초사 기다리는 사위를 밀치고 분만실로 들어간 나는 딸아이의 바짝 마른 입

술을 보며 불룩하게 솟아오른 배가 꺼지려면 아직도 긴 시간
이 걸릴 것을 예상했다. 옆 침대의 산모는 벌써 아기를 낳아
입원실로 들어갔고, 또 다른 침대의 산모도 입원실로 갔는데
여전히 내 딸만 남아 산통을 겪고 있었다. 마침내 상의 끝에
수술실로 들여보낸 후에야 겨우 한숨을 돌릴 수 있었다.

대기실에서 기다리던 우리는 수술실 전광판만 응시하고 있
었다. 수십 분 후에 전광판에는 잔잔한 음악이 흐르며 빨간 사
과가 음악 속에 매달리듯 반짝거렸다. 빨간 사과는 딸을 의미
했다. 씩씩한 행진곡이 나올 때는 빨간 고추가 전광판에서부
터 아들임을 나타내고 있었다.

첫 아이를 실패한 뒤 갖는 아기라서 열 달 내내 조심스러웠
다. 그때만 해도 딸이든 아들이든 오직 건강하게 낳기만 해달
라고 생각했는데 '고생 끝에 낳으면서 이왕이면 고추를 낳을
것이지…' 하는, 서운한 마음을 감출 길이 없었다.

쓸쓸히 서 있는 나를 안사돈은 활짝 웃으며 "아이구, 지금은
딸이 더 좋아요!" 한다. 정말로 내가 왜 이럴까. 강보에 싸인
아기는 하얀 피부에 환한 이마와 다부진 턱에 얇은 입술이 딸
아이 어릴 때 모습과 너무나 똑 같았다. 나도 모르게 "어머나,
예뻐라!" 하며 감탄까지 했다. 섭섭한 마음은 순간뿐이라더니
목욕을 금방 끝내고 나온 아기는 하품하는 입모양 까지도 노
란 병아리 같았다. 그렇게 사랑스러울 수가 있을까. 우리 속담

에 성미 급한 사람보고 '우물가에 가서 숭늉 달란다'는 말이 있듯이, 처음 서운한 마음은 온데간데없이 사라지고 이제는 그 삐악 병아리 같은 입으로 "할머니!" 하고 부를 날 만 손꼽아 기다려진다. 아마도 이런 마음으로 우리 부모님께서도 내리사랑으로 나를 키우셨겠지.

만혼의 나이로 결혼한 나는 어느 새 오십대 초반을 훌쩍 넘어선 지 오래다. 가끔 동창모임이나 친목회에 나가면 손자 자랑하는 친구에게 벌금까지 물리며 장난도 쳤다. 하지만 이제는 벌금을 내도 좋다. 돈 만원 내고 손녀딸 자랑하라면 얼마든지 할 생각이다. 하루가 다르게 변하는 아기의 모습은 정말로 신비스럽기까지 하다. 어느 땐 딸과 사위가 아기를 보며 오똑한 예쁜 코는 서로 자기를 닮았다고 아웅다웅 거린다. 인생의 황홀경이란 바로 손자 보는 재미가 아닌가 싶다.

몇 해 전 여고 동창 모임에 갔을 때다. 장가보낼 아들만 둘 있는 친구가 이런 이야길 했다. 자기는 며느리들이 아기를 맡기면 절대로 안 봐주겠단다. 그리곤 아들 장가가면 처가 근처에 집을 얻어 주겠다고 호언장담을 했다. 심지어는 손자 안 봐주는 법칙이 세 가지 있다며, 첫째는 방 닦던 걸레로 며느리 보는 앞에서 손자 입을 싹싹 닦아주고, 그래도 또 손자를 맡기면 우유병을 쭉쭉 빨아 먹다가 손자 입에 물려준다. 세 번째

 서울이여 영원하라

는 그래도 또 손자를 맡기면 입속에서 꼭꼭 씹던 과자를 손끝에 발라서 "응, 착하지?" 하며 먹이는 것이라나? 물론 박장대소를 하며 다들 웃었다. 그러던 그 친구도 올 봄에 손자를 보았고, 그렇게 넌덕을 떨던 그 말씨는 담 넘어 구렁이 꽁지 빼듯 사라졌다. 요즘엔 손자 우유도 자기가 먹여 주며 아이 기르는 재미에 하루해가 간다고 손자 자랑이 이만저만이 아니다.

　이제 겨우 태어난 지 두 달밖에 안 된 내 손녀도 사돈이 맡게 되었다. 사위가 뉴욕으로 간 뒤 딸과 손녀는 시댁에 기거하게 되었다. 나는 두 주일에 한 번 가량 사돈집에 가는데 갈 때마다 안사돈 품속에서 방긋방긋 웃는 아기의 모습에 온 몸이 으스러질 듯 짜릿하다. 그 집안에서도 첫손주이니 오죽이나 불세라날세라 할꼬. 순진무구한 아기의 웃음이 내 마음을 웃겼다 울렸다 하는 외손녀 앞에서 말없이 미소로 답한다. 어쩌면 그 배안의 짓 웃음이 너무나 황홀해서 나는 하나의 피에로처럼 갖은 애정 표현을 다 하고 오는 것이다.

바람

투표일이 얼마 남지 않은 선거운동은 초하의 바람과 함께 뜨겁기만 했다. 내 어렸을 때 동네 일이 생각난다. 1960년대 초반이었을 그 때에도 입후보자들의 선거유세는 볼 만 했었다. 학교 운동장이나 넓은 공터는 초저녁부터 동네 아이들이 앞 다투어 맨 앞자리는 자리싸움으로 온 동네가 떠들썩했다. 유권자에게 지지받는 후보자일수록 인기는 대단해서 학교 강단의 꼭대기에선 마이크가 터질 듯한 볼륨이 귀청을 때린다.

"마이크 시험 중입니다. 아아, 마이크 시험 중입니다!"

동네에서 힘깨나 쓰는 어깨패들이 모여들어 후보자를 옹호하기 위한 장사진을 치기도 했다. 그 바람은 열기를 더해 상대방에게 주먹다짐까지 가할 때가 있었다. 민주주의 꽃이라고 할 수 있는 지방자치제 선거는 이렇게 인신공격부터 시작되었다.

우리 옆집에 고등학교를 갓 졸업한 언니가 있었다. 그 언니
는 미모가 출중해서 많은 남학생들의 인기를 독차지 했었다.
꽃다발과 러브레터가 끊이지 않던 그 언니가 선거단체에 가입
되어 낮에는 쉴 새 없이 지프차에 앉아 열심히 가두방송 하는
걸 보았다. 나는 그녀가 부럽기도 했고, 마이크를 쥐고 있는
옆모습이 봄바람에 피어난 꽃처럼 아름답게만 보였다. 지금도
기억 속에 남아 있는 가두방송의 낭랑한 음성의 "김○○ 씨를
국회로 보냅시다!" 라는 열렬한 외침이 소리 없는 깃발처럼 펄
럭인다.

우리 동네 구석구석을 울려 퍼진 열렬한 외침도 소용없이
김○○ 씨는 낙선하고 말았다. 그 일이 있은 지 얼마 후 그녀
는 자살소동까지 벌였다. 다행히 목숨을 건져 이웃 아주머니
들이 혀를 끌끌 찼다. 그 뿐이랴, 선거자금을 대 주었던 순이
엄마는 계주(契主)였다. 계원에게 줄 곗돈을 몽땅 선거 뒷자금
으로 대 주어 집까지 날렸다. 그 바람에 아저씨와 이혼까지 했
고, 얼마 후 한강 모래사장에 움막을 짓고 산다고 동네 사람들
은 수군거렸다.

한 편 길거리 대폿집엔 막걸리와 음식 대접에 우리 동네 분
위기는 잔칫집 같았었다. 이런 일은 내가 초등학교 2, 3학년
때였는데, 나도 어른들 틈에 한 몫 끼어 어깨를 흔들며 아이들
에게 김○○ 씨를 국회로 보내야 된다고 으쓱거렸다.

어른이 된 지금도 선거 때가 되면 '끼'는 살아있어 어깨가 신들린 무당처럼 출렁거림은 왜일까. 아마도 어려서부터 보아온 선거바람이 아닐는지. 그러나 오늘날의 선거는 그때와는 달리 너무나 조용한 점이, 방향은 같으나 양상이 달라졌다. 음식 대접도 없고 막걸리 파티도 없어서 쓸쓸하긴 하지만, 부정을 막기 위한 방편이라면 얼마든지 이해가 간다.

오늘 아침에도 여러 곳에서 전화가 걸려 왔다. 다름 아닌 자원봉사자로 일해 달라는 부탁이었다. 나는 쾌히 승낙했다. 남편에게 지청구 먹을 일을 뻔히 알면서 집안일을 잠깐 놓은 채 드디어 선거 바람에 뛰어든 것이다. 조용한 가운데 자원봉사자 스스로가 전화 작업에 착수한 것이다.

어느 입후보자 사무실에 앉아 열심히 전화 번호판을 잽싸게 눌렀다. 톡톡톡 토도독톡, 손끝은 피아노 건반이 달린 듯 리드미컬하게 움직인다. 마치 내가 입후보자 부인인 것처럼 저력 있게 호소했다. 유권자들은 전화 받는 걸 몹시 싫어해서 이렇게 말하는 것도 요령중의 하나이다.

"안녕하세요? 사모님이세요? 저는 ㅋ 씨의 안사람인데요. 꼭 부탁드립니다. 안녕히 계세요!" 하면 마지못해 "예, 알았습니다. 수고하세요" 하며 끊는다. 자신감이 붙은 나는 한 수 더 떠서 이번엔 조금 다른 방향으로 인사법을 돌리기도 했다.

"여보세요? 아유, 안녕하세요? 김 선생님을 꼭 부탁합니다. 기호 ○번이에요. 기억해 주세요. 안녕히 계십시오. 호호호"

이렇게 하기를 수차례 돌렸나보다. 어느 땐 전화 속에서 굵은 음성이 "아아, 수고 많으십니다. 그럼요, 꼭 되셔야죠" 찰칵 하고 끊는다. 그래도 그런 때는 피로도 풀리고 양반님이라고 공개적으로 칭찬을 아끼지 않았다. 사무실 분위기는 한바탕 웃음바다였다. 어느 땐 수화기를 돌리자마자 날카로운 여자의 음성이 고막을 울린다.

"전화, 그만 하세요!"라든가, 아니면 남편 옆에 바짝 붙어 앉았는지 수화기 가까이서 "여보, 전화 끊어요!" 하는 것이다. 이럴 땐 헛김 빠지는 무안함을 어찌 할 바가 없지만, 자원봉사자라는 긍지감을 되씹으며 또 수화기를 든다.

슬며시 스쳐가는 생각이 있다. 그것은 자신이 원치 않는 후보자인가, 그야말로 정보화 시대 다량적인 매스컴의 물결로 인한 불감증이 아닌가 싶다.

이렇게 하기를 수십 차례. 그날도 배 여사는 먼저 와 있었다. 자원봉사자를 데리고 간 나에게 울며불며 퍼붓는다. 새벽녘에 나와서 밤늦게 집에 간다는 불평이었다. 그리고는 자기의 수고로움을 아무도 알아 주지 않는다는 불만과 함께 은근히 공적을 과시하고 있었다. 누가 그녀에게 수고한다고 한 마디 거들었으면 좋으련만, 아무도 내색을 하지 않자 멋쩍어 하는 표정이 갯벌에 불쑥 튀어나온 낙지 얼굴 같았다.

도우려고 갔던 나는 같이 간 자원 봉사자에게 더더욱 미안함을 금할 수 없었다. 경험이 없던 그녀는 선거운동을 처음 해보는 게 확실했다. 원래 봉사란 자신이 스스로 베푸는 일이어서 남이 인정해 주기 쉽지 않음을 감지했어야 했다.

어쨌든 무슨 바람인지 알 수 없으나 내 어렸을 때 이웃 아줌마와 옆집 언니가 생각나서 그녀가 측은하기까지 했다. 하지만 세도가 당당한 그녀의 극성스러움이 웬일인지 예감이 좋지 않았다. 말없이 묵묵히 일하는 사람이 있는가 하면 자기의 공을 지나치게 떠벌리는 사람이 많아 단체생활이나 조직생활에 지장을 초래할 때가 많다.

그것은 지나친 아첨으로 입후보자의 안목을 흐리게 하고 외부세계를 단절시켜 상황판단을 어둡게 하는 요인이 된다. 낙선의 원인도 이런 경우가 첫 번째 불어 닥치는 악성 바람이기 때문이다.

어느새 그녀는 점잖은 여사님이 되어 수화기를 들었다. "여보세요? 아유, 안녕하세요? 호호호호, 저는 김 씨 안 사람인데요. 저희 바깥양반이 지난번에 계획을 세워 놓은 일이 하도 많아서…, 이번에 다시 재출마했거든요. 호호호, 꼭 좀 도와

주세요. 네 네 네, 안녕히 계세요!”

　나는 또 한 번 그녀의 얼굴에서 60년대 초반의 선거바람을 느낄 수 있었다. 유권자들은 그녀가 틀림없이 김 씨 사모님이라고 믿었을 것이다. 언제부터 와 있었는지 햇볕에 시커멓게 탄 김 씨가 그녀 앞에 서 있었다. 김 씨가 와 있는 것을 아는지 모르는지 수화기를 한쪽 귀에 댄 채 그 이야기는 끝없이 집집마다 계속 전달되고 있었다. 듣고 있던 김 씨는 흐뭇한 표정을 지으며 한 마디 던졌다.
　“선거가 끝나면, 여사님은 저랑 혼례식이라도 올립시다!”

바람개비

봄바람과 마주친 바람개비는 팔랑거리며 마치 친구를 만난
듯 파르르 돌기 시작했다. 산 위에서 언덕까지 내리 부는 바람
을 등에 짊어진 듯 동생과 나는 미끄러지면서 내려왔다. 그리
고는 바람개비를 손에 쥐고 하늘을 향해 흔들며 숨 가쁘게 언
덕위로 뛰어 올랐다가 다시 내려올라치면 봄바람이 등줄기를
시원스럽게 밀어준다. 훈훈한 바람은 꽃망울을 틔우기 위해
산 위에서 불어오나 보다.

바로 이맘때쯤인 것 같다. 산벚꽃이 만발하고 수많은 꽃들
의 향기가 바람을 타고 날아와 머리와 등에 흐르는 땀을 식혀
주는 계절. 장난감이란 하루 종일 이 바람개비 하나뿐이었다.
아버지께서 특별히 만들어 주신 이 바람개비는 수수깡도 아닌
아주 야무지고 단단한 목각으로 된 팔랑개비였다.

조금 굵직한 손잡이엔 눈과 코가 예쁘게 그려져 있는 인형 같은 바람개비였다. 해가 질 저녁때쯤이면 봄바람은 조금 세게 불어와 뻘뻘 흘리던 땀방울은 어느덧 겨드랑이 속으로 스며들고, 땀으로 끈적거리던 등은 저절로 보송보송해진다. 그 바람은 낮에는 바람개비를 신나게 돌게 해 주더니 이젠 활짝 핀 벚꽃이나 진달래를 마구 떨어뜨린다. 봄바람은 심술궂기도 하다. 저절로 지는 꽃잎이면 좋으련만, 멀쩡한 꽃잎도 순식간에 날려버리고 만다. 바람개비가 봄의 전령을 맞이하지 못한 틈을 타서 대신 꽃잎들을 팔랑개비처럼 비탈길로 휩쓸어 버리려나 보다.

보다 많은 꽃잎들이 바람을 버텨내지 못하고 내 눈앞을 어지럽히며 날고 있다. 동생은 나비처럼 뭉쳐 날고 있는 꽃잎을 발로 뭉개기도 한다. 나는 두 손으로 가득 받아서 머리 위로 뿌리며 내려오기도 했다. 유희를 하듯 나는 꽃잎들이 어디로 가는지 궁금했던 나는 골짜기까지 내려갔다가 그만 그 계곡 어딘가에서 바람개비를 잃어버리고 말았다.

그럴 때면 바람개비도 보기 싫은 장난감이 되어 손에서 슬그머니 버려지게 된다. 동생은 하루 종일 양보하지 않던 장난감도 싫증이 났는지 내던지고 만다. 나는 충분히 만져 보지 못한 그 바람개비를 주우려고 언덕 아래로 달려가 보면 그렇게 신나게 돌던 바람개비는 실쭉해진 얼굴로 아무리 앞뒤로 흔들어도 돌다 말다 바람 맞은 얼굴처럼 변해 버렸다. 이미 동생과 나의 손에 시달림을 받아서인지 환한 얼굴이 보이지 않았다. 땅거미가 내려앉을 무렵 누군가 우리 남매를 부르는 소리가 메아리친다.

지금 생각하면 어릴 때 살던 곳은 참으로 살기가 좋은 곳으로, 지금도 가끔 그리울 때가 있다. 그날 이후 한 번도 가 본적이 없는 곳이기에 아쉽기도 하다. 지금 내가 살고 있는 아파트 단지 후문에는 길게 경사진 길에 벚꽃이 한창이다.

그 언덕길을 내려오면서 불현 듯 바람개비를 들고 뛰어오는 아이가 있나 살펴본다. 가끔은 상상 속에 어린아이를 만들어 바람개비를 날려 본다. 어쩌다 장충동 길을 드라이브하다 보면 왠지 모르게 차를 세우고 싶은 휴게소가 있다. 그 곳에 차를 세우고 오십 미터 쯤 내려오면 벚꽃이 울창하게 우거진 등산로가 있다. 만개한 벚꽃이 봄바람에 후루루 떨어진 그늘 밑에 마냥 앉아 있어 본다.

꽃처럼 아름답게 살고 싶다면 너무 감상적일까. 정말 한 번이라도 활짝 피어본 일은 있는지 내 자신을 뒤돌아보게 된다.

"돌아와요, 바람개비~. 우리의 우정" 이런 동요가 입에서 맴 도는 것은 나이가 든 탓일까. 팔랑팔랑 돌아가는 바람개비가 내 얼굴은 아니었을까 하는 생각이 든다.

　철없이 살았던 어린 시절이 자꾸만 그리워진다. 실쭉해진 바람개비를 잘 챙기지 못해 언덕이나 계곡 어딘가에 묻혀 있을 내 동심을 생각하면 무척 후회스럽다. 그때 왜 그것을 가지고 오지 못했을까. 빈손으로 돌아온 나를 보시던 아버지의 실망스러워 하시던 모습. 그 이후로도 자라면서 얼마나 그 분을 실망시켰는지 모른다.

　부모님은 지금 내 곁에 안 계신다. 아직도 그 바람개비는 누군가의 손길을 기다리고 있는 것은 아닌지. 혹여 내 삶을 마음속 어딘가에서 버려진 그 바람개비와 비교해 보고 싶은 건 아닌지 모르겠다.

백조의 추억

하늘과 땅이 온통 새하얗다. 거리엔 눈발 속에 휘황한 네온 사인의 할아버지, 산타크로스가 제법 뿌듯한 웃음을 안겨 준 다. 이럴 땐 무언가 마음을 가라앉힐 아련한 추억 속으로 파묻 히고 싶어진다.

복잡한 백화점을 나와 자동차 행렬을 헤집고 집으로 일찍 오고 말았다. 엄마한테 야단맞은 아이처럼 시큰둥하게 TV 채 널만 자꾸 돌렸다. 외국 제비 같다. 물오른 나무같이 싱그러운 젊음들. 윤기 흐르는 머릿결, 고요한 눈매, 인간의 원초적 정 염을 자극하는 활력들이다. 어느 한 곳도 구김살 없는 매끈한 몸매를 지닌 무희들이 환한 웃음을 보낸다. 유난히 빨간 드레 스를 입은 아가씨가 나의 가슴을 아리게 하는 건 무슨 까닭일 까. 누군가를 닮아서 일까?

매력이란 지성과 감성, 건강이 삼위일체일 때 나타나는 화려한 빛이라고 하는데 그래서 청춘은 아름답다고 하지 않던 가. 은은히 흘러나온 음악은 '푸른 다뉴브 강의 물결'이었다. 이 왈츠 곡은 오랜 세월 내 마음속 깊은 속에 잔재해 있던 어 떤 추억을 일깨워 준 멜로디였다. 붉게 타오른 저녁노을 같았 던 젊은 날의 내 영상을 스케치하고 싶다.

오월엔 축제가 있었다. 이 축제에 출전하기 위해 나름대로 그렇게 많은 연습을 한 것이다. 적어도 그녀가 나타나기 전까 지만 해도 나에겐 분주한 오월이었다. 해마다 그때쯤이면 가 면무도회가 열려 마음은 온통 들떠 있었다. 몇 벌의 옷을 입었 다 벗었다 하며 아줌마한테 뒤 지퍼를 올리라고 졸랐다. 등을 돌려 거울에 비친 옷맵시를 물어보면 무조건 예쁘다고 한다. 그 말을 듣는 순간 즐겁기도 했지만, 나만의 독특한 자만심이 기도 했다. 콧노래를 부르며 현관을 쏜살같이 나갈라치면 그 때서야 아줌마는 허풍스럽게 한 마디 뒤통수를 친다. "어이 구, 시집은 언제 갈려구, 아버지는 걱정 많이 하시던데" 하며 통박을 주곤 했다. 머쓱해진 나는 며칠 전 맞선 본 C 선생의 거친 모습을 떠올렸다. 웃음이 터졌다. 그는 마치 들판을 달리 는 황소 같아서 어떻게 해야 그 고집을 꺾을 수 있을까 궁리 중이었다. 박력 또한 대단해서 중매쟁이 편에 전달할 일없이 잽싸게 도망치려는 생각만 하고 있었다. 아예 약속 장소에 늦게 나타나 황소 같은 그 남자의 자존심을 꺾어 놓고 싶은 심정이었다. 그러나 매주 목요일이면 정기적인 친목 모임이 있어 거기에는 꼭 출석해야만 했다. 장소는 YMCA 대강당과 소강당이었다. 우리 모임의 닉네임은 백조였다. 대강당에서 축제가 열리면 회원들 모두는 백조님이라고 불렀다. 특히 오월의 축제는 화려한 가면 무도회여서 남자회원들은 여러 모양의 가면을 쓰고 나타나 마음에 드는 여성백조에게 프러포즈를 하는 날이기도 했다.

춤곡은 '요한 스트라우스'의 '푸른 다뉴브 강의 물결'이나 '무도회의 권유' '불멸의 왈츠' 등등이었다. 첫 곡이 나오면 아름다운 한 쌍의 백조가 잔잔한 호수를 선회하듯 매끄럽게 그라운드를 돌고 나면, 두 번째 세 번째 이런 순서로 왈츠는 시작되었다. 그날의 프리마돈나는 첫 곡을 신청 받는 아가씨로서 그 인기는 대단했다. 여성 회원들은 누구나가 다 기대하고 있는 자리이기도 했다. 운 좋게도 자주 첫 곡을 신청 받았던 나는 백조들의 은근한 시기의 눈초리를 받으면서도 무난히 잘 이끌려갔다. 그만큼 왈츠에 몰두해 있었다. 지성적 사교를 대변할 정도로 이 백조 모임은 그 당시 청춘남녀의 극을 달리는 매력 만점이었다. 그 아름다움은 영화에서나 볼 수 있는 궁중 무도회, 바로 그 광경이었다.

일정한 질서에 따라 움직이는 사교적인 예술이었으며, 클래

식 왈츠의 매력은 고조된 분위기에 심취해 있는 젊은이들의 낭만이기도 했다. 그 날도 회장인 Y 선생님의 호루라기 신호에 맞춰 모든 백조들은 조랑(潮浪)이 출렁대는 리듬의 물결 속에 원을 그리고 있었다. 허나 그날은 웬일인지 내키지 않는 발걸음이었다. 아줌마의 꾸지람도 있었지만 맞선 본 C 선생의 얼굴이 가슴 깊이 자리 잡고 있었기 때문이다. 대가족 집안의 차남으로 고집이 세고 완고한 청년을 어찌 감당해야할지….

이런저런 고민 중에도 왈츠곡인 '푸른 다뉴브 강의 물결'은 내 고민과는 아랑곳없이 잘도 흐르고 있었다. 으레 첫 스타트를 청하는 그의 손길이 보이지 않아 얼른 고개를 들어보니 내 파트너였던 Y 군은 이미 J 양과 손을 잡고 다정하게 돌고 있었다. 달포 전 어떤 친구의 소개로 백조의 준회원이 된 그녀는 아직 초보 생이었으므로 많은 연습이 필요했었다. 평소에도 유난히 선생을 졸졸 따라 다녔기에 내 눈치를 살피는 그녀가 못마땅했다. 그날따라 그녀는 빨간 드레스 차림이었다. 샤넬 라인까지 내려온 치맛자락은 검정레이스로 바이어스를 댄 정열적인 원피스였다. 첫 왈츠가 끝날 때까지 나선형을 그리며 파도처럼 물결치는 무릎 선이 첫 스타트를 빼앗긴 내 자존심을 상하게 했다. 초라해진 모습을 보이기 싫어 검정 드레스를 거머쥐고 살그머니 무도장을 나오고 말았다. 등 뒤에서 누군가 나를 불러대는 음성을 남겨 둔 채….

그 후 집안 어른들이 소개로 몇 번이나 맞선을 보았던 나는 선택의 권리를 마냥 누릴 수 있었던 내 자신이 지나친 이기심이라고 반성도 했다. 두어 달 가량 백조모임에 나가는 걸 중지했다. 그동안 박력 있는 C 선생과의 만남은 마침내 결혼으로 이어지게 되었다. 결혼하기 얼마 전 J 양이 찾아왔다. 나는 불쑥 나타난 그녀에게 깜짝 놀라 무슨 일이냐고 물었다. 내심 무슨 답을 듣고 싶었는지도 모른다. 그녀는 자신의 실수인 양 용서를 빌었다. 그리고는 그날의 상황을 진지하게 해명해 주었다.

"솔직히 말하면, 권 언니가 딴전을 부리기에 저는 얼른 뛰어가 그 분의 파트너가 됐죠" 하는 것이다. 수줍게 고개 숙인 그녀의 표정에서 나는 너그러워질 수 있었다. J 양의 두 눈에서 별빛이 스쳐가는 걸 보았을 때 진정한 사랑은 주는 것이지 결코 받기만 하는 것이 아니라는 걸 깨달았다. 문득 백조의 무리에서 이탈한 외로운 오리가 되었음을 아쉬워해야 했다. 침착하리만큼 냉정을 찾은 나는 그녀의 두 손을 꼭 잡고 말했다. "나한테는 결혼할 사람이 있어!"라고 나는 단호하게 내 뜻을 전달했던 것이다.

언제나 추억은 다뉴브 강의 물결처럼 아름다운 것. 일순간의 빛이 스쳐간 듯 살며시 눈을 뜨고 다시 화면을 보았을 땐 벌써 빨간 드레스의 무희는 다소곳한 몸짓으로 무도회가 끝나고 있음을 알려 주었다. 무대의 막은 서서히 나머지 공간을 채우고 있을 즈음, 누군가를 닮은 듯한 그 모습이, 밀려오는 파도처럼 가슴에 부대끼고 있다.

여전히 창밖엔 보드라운 눈이 내리고 있다. 어둠을 가르고 금빛날개 나부끼며 날아가는 백조의 환영(幻影)을 본 것 같은 느낌이 드는 것은, 아직도 연민의 정이 남아서 일까. 어쩌면 첫눈처럼 다가온 백조의 화살이 또 누군가를 향해 날고 있으리….

별 헤는 밤

여름 밤 하늘에는 수많은 작은 별들이 촘촘히 떠 있다. 졸고 있는 큰 별이 깜빡거릴 때 졸졸졸 시냇물은 속삭이고 있었다. 우리는 바윗돌에 앉아 잔잔한 냇물에 발을 담그고 이야기로 꽃을 피웠다. 어쩌면 힘들었던 지난날을 심도 깊게 마음까지 다 쏟아놓을 수 있는 분위기로 가고 있었다. 마음속에 깊이 감춰 두었던 얘기들을 하다 보면 서로의 진솔한 마음을 알 수도 있을 것 같았다. 도심 속의 짧은 만남은 사무적인 대화뿐이었다. 정해진 시간에 원고를 발표하고 작품 토론을 하다 보면 시간은 어느새 지나가고, 끼니 걱정에 조급한 마음으로 흐트러진 가방을 챙겨야 하지 않았던가.

큰 별이 정면에서 환한 미소를 머금고 우리를 바라보고 있었다. 한참의 시간이 지난 후에야 흘러가는 방향이 다른 별들과 다르다는 것을 알아 차렸다. 가짜 별도 있는가. 그때야 비로소 큰 별이 진짜 별이 아닌 걸 알고 환하게 웃을 수 있었다. 대학 때 친구들과 캠핑할 때의 추억이 아련하게 피어오른다. 친구들과 어울려 캠프 송을 콧노래로 부르고 있었다. 문학행사의 뒤풀이 여흥에서 노래 한곡을 열창했기에 콧노래도 쉽게 잘 풀려서 지금도 나지막이 노래를 부르고 있는지 모른다. 몸과 마음은 사십여 년 전 피난 시절로 되돌아가고 있었다. 억눌린 해방감이랄까. 내 일생에 이런 감정적인 변화가 생기고 있다는 것이 얼마나 다행스런 일인가. 냇가에 발을 담그고 서로 발을 씻겨 주었던 어린 시절의 순수함을 그대로 하고 표현하고 싶다. 이렇게 아름다운 밤을 보내 본 적이 있었는가. 이런 것이 내가 바라던 동경의 시간이 아니었던가. 순간 콧등이 시큰해지면서 맺혀 있던 감정이 자극되어 이미 눈물이 흐르고 있었다.

어린 시절이었다. 여름철이면 한바탕 병치레를 하여 며칠씩이나 씻을 수 없어 긁적거리던 나에게 아버지는 대야에 미지근한 물을 떠놓고 발을 씻겨 주었다. 불현듯 아버지에 대한 그리움이 그대에게서 밀려온다. 오늘따라 더욱 진한 연민의 정이 느껴지고 있었다. 어둠에 가려진 얼룩진 얼굴을 보이기 부끄러워 얼른 발을 씻겨 주기로 마음먹고 엉뚱한 질문을 했다. 아킬레스건이 어디냐고. 발을 씻겨 주고 나니 소곤거리는 우리 이야기를 엿듣고 있던 샛별은 정자나무 뒤로 슬그머니 숨어버렸다. 어느 새 새벽이 찾아들고 있었다. 끝이 없는 얘기는 은하수를 건너고 정은 더욱 도타워지고 있었다. 손을 잡고 징검다리를 건너오던 길이 물에 잠기고 말았다. 깊어졌던 얘기처럼 입고 있던 옷과 손가방은 새벽이슬에 젖어 있었다. 차가운 기운이 손끝에 매달린다. 하이네의 시를 읊고 싶다.

"새벽 숲에서 꺾은 제비꽃/ 이른 아침에 그대에게 보내 드리리/ 황혼 무렵에 꺾은 장미꽃도 저녁에 그대에게 갖다 드리리/ 그대는 아는가/ 낮에는 진실하고 밤에는 사랑해 달라는 그 예쁜 꽃들의 하고픈 말을…."

시냇물이 불어나서 올 때처럼 손을 잡고 건널 수는 없게 되었다. 한사코 사양한 나를 등에 업고 손가방을 늘어뜨린 채 조심스럽게 맨발로 걷고 있었다. 발바닥이 미끄러워 발을 딛기가 어려웠던가 보다. 뾰족한 무엇이 발에 찔린다고 할 때는 무척이나 미안스러웠다.

어느새 샛별은 정자나무를 지나서 까꿍 하며 얼굴을 내밀었다. 냇물을 건너자마자 가방이 멀리 날아가고 업혔던 나는 바닥에 주저앉을 뻔 했다. 그래도 그렇게 즐겁고 통쾌하게 웃어보긴 처음 이었다. 하늘에는 작은 별들이 소리 없이 흘러가

고 있었다. 그 중에 별 하나는 내 별이라고 간직하고 싶다. 영
원토록….

보고 싶은 에미나이

얼마 전 성묘 갔다 오는 길이었다. 사능(思陵)에서 금곡으로 넘어가는 야산 밑에는 망우리 공동묘지 못지않게 많은 묘지가 새로 불어났다. 달포 전에 가족들의 연락을 받고 언니와 함께 다녀간 묘지는 아직도 붉은 흙더미로 새싹이 돋지 않았다. 그래도 자손들이 떼를 잘 입혀 묘는 정성스럽게 다듬어져 있었다. 묘지의 주인은 살아생전에 '에미나이' 한 번 만나 봤으면 원이 없다던 계씨 아저씨였다. 우리가 그분을 알게 된 것은 부산 피난 시절이었다. 성함이 조금 별나서 계집, 농집이란 별명이 붙은 이름이었다.

왁자지껄 떠드는 소리에 잠을 깼다. 또 술주정이 시작되었다. 날이 궂거나 달이 환한 밤이면 더욱 심했다. 울부짖음으로 시작되는 술버릇은 누굴 애타게 부르며 땅을 치곤했다. 그리고는 옆 사람까지 잠을 못 자게 두들겨 깨워 싸움 붙이기가 일쑤였다. 이북에서 내려온 두 아저씨의 싸움은 매일 시작되어, 우리는 시끄러워 잠을 잘 수가 없었다. 다닥다닥 붙은 판잣집은 피난민들이 붙어사는 집이라 여러 사람들의 불평은 끊이지 않았다.

하루는 엄마가 농집 아저씨에게 '에미나이가 누구냐?'고 물었다. 에미나이는 그가 평양에서 결혼한 조강지처와 그 사이에 태어난 첫 딸이었다. 우리 국군이 평안북도와 압록강까지 밀고 올라갔을 때였다. 승리의 기쁨은 단 사흘뿐이었다. 이때 북한 피난민들은 물밀듯이 남으로 내려왔다. 아저씨는 같이 가겠다고 울며 따라오는 부인과 딸을 집에 있으라고 호통을 쳤다. 총알이 빗발치듯 퍼붓는 상황 속에서 집에서 가까운 다리를 혼자 건넜다. 안전할 때 가족을 데리고 나오리라 마음먹었지만, 다리는 봉쇄되었다. 가족에게 되돌아가려고 애를 썼지만, 다리를 사이에 두고 아군은 후퇴하고 말았다. 그것이 가족과의 마지막이었다. 한사코 같이 가겠다고 울며 매달리던 조강지처를 잊을 수가 없었던 아저씨는 항상 시무룩하니 누구와 말도 하지 않았고, 그저 눈앞에 아른거리는 것은 어린 딸 얼굴뿐이었다. 어머니는 가끔 하얀 쌀밥을 푸짐하게 지어 놓고 같이 식사하자고 아저씨를 가족같이 대해 주었다.

추석이 가까운 어느 날 밤, 아저씨는 심한 술주정 끝에 불을 내고 말았다. 순식간에 타버린 판자 집은 피난 살림을 더욱 곤궁하게 만들었다. 아저씨는 죽을죄를 지은 사람처럼 여러 번 사과 끝에 꼬깃꼬깃 모아 두었던 돈으로 대신했다. 우리 가족은 부산 시내에서 조금 떨어진 개금동으로 이사를 했다. 그곳은 101헌병대가 주둔하고 있는 포로수용소 근처였다. 그때 나는 초등학교 학생이었다. 그 포로수용소에는 농집 아저씨처럼 이북 사투리를 쓰는 아저씨들이 많이 있었다. 언제나 미군 헌병의 감시 하에 그들은 일터로 나갔고, 때론 한국 군인과 헌병의 지도하에 작업을 했다. 호박이나 감자 농사를 잘 일구어 밭 농사는 해마다 푸짐했다. 그들이 지은 농작물은 자신들의 먹는 식량이기도 했다. 철부지였던 나는 많은 의문이 생겼다. 두 아저씨와 같은 말씨를 쓰는 그들이 왜 저런 감시 속에 살아가는지 알 수가 없었다.

아버지께서 들려주신 반공포로에 대한 이야기는 지금도 뇌리 속에 첩첩이 박혀 있다. 그들은 같은 민족이면서 우리에게 총칼을 들이대며 위협했던 인민군이었다. 동족상잔의 비극, 6.25동란은 엄청난 비극이었다. 처자식을 고향에 두고 마음에도 없는 이념의 전쟁 속에 휘말려 우리를 남침한 그들이었다. 그러했기에 포로 교환 때 이북으로 가지 않고 자유 대한이 좋다고 남아 있는 반공 포로였다. 그것은 너무나도 슬픈 우리 민족의 기구한 운명이었다.

　개 짖는 소리도 들리지 않는 고요한 밤, 땅을 울리며 지진이라도 일어날 것 같은 불안한 밤이었다. 수많은 발자국 소리는 집을 향해 달려와서는 방문 뒤로 사라졌다. 울타리도 없는 판잣집은 날아갈 것 같았다. 동이 뿌옇게 떠올라 대낮이 될 때까지 방문을 열지 못했다. 뜬 눈으로 밤을 새운 아버지와 엄마는 우리를 꼭 끌어안은 채 숨을 죽이며 떨었다. 누군가 밖에서 "세상이 달라졌다!" 하고 외치는 소리가 들렸다. 그때서야 우리는 소식을 들을 수 있었다. 그것은 이승만 대통령이 독단적인 특명으로 반공포로를 석방했던 것이다. 그 발자국 소리는 미군 병사들 입에 재갈을 물려놓고 밤새도록 구덕산을 넘어 부산 시내로 집단 탈출한 반공포로들의 발자국소리였다. 평소에 단결이 잘 되었던 그들은 한 사람의 인명 피해도 없이 우리 집 뒷산을 넘어 무사히 빠져 나갔다. 미군 헬리콥터는 밤과 낮을 가리지 않고 수색했지만, 흔적조차 찾지 못하자 수색을 단념해 버렸다. 마을 사람들도 입을 열지 않은 것은 그들이 우리와 똑같은 동포였음을 알았기 때문이었다.

　그 후에 반공포로들은 결혼해서 가정을 가졌고 우리 집에 놀러 오기도 했었다. 우리가 고향인 서울에 왔을 때 농집 아저씨도 결혼해서 잘 살고 있어서 반가웠다. 아마도 불쌍한 에미

나이를 잊기 위한 새로운 삶이었으리라.

　나는 농집 아저씨의 묘를 지나오면서 오십년 전 그때를 회상했다. 아직도 북녘 땅엔 내 또래의 에미나이가 아버지를 기다리며 살고 있겠지. 마지막 숨을 거두는 그날까지 아저씨는 북녘에 두고 온 그 에미나이를 한 시도 잊지 못했을 것이다.

빈랑의 나라 대만

대만의 날씨는 한국보다 더운 날씨다. 섬이라는 특성을 지닌 높은 아열대성 기후이며 습기가 많은 편이다. 평균 낮 기온은 23도이며 사계절 여름옷을 입어야 한다. 뜨거운 햇볕을 차단하려면 얇고 긴 소매를 걸치고 여행하면 피부 보호에 안성맞춤이다.

나는 한중 문학교류 기행 안내문을 받고 친한 문우들끼리 가기로 약속을 했다. 그러나 매일같이 신종플루 바이러스가 국제공항을 통하여 전염이 된다고 보도되자, 그물망에서 물고기 빠져나가듯 같이 가기로 한 문우들이 다 포기해 버린 것이다. 그중 남아 있는 K 씨마저 그만두려고 하다가 '한국문학 심포지엄'이 해외에서 자주 있는 기회가 아니라는 점에 의견 일치를 보게 되었다. 자고로 여행은 말벗이 있어야 되겠기에 말이다. 꼭두새벽부터 짐을 챙겨 인천공항으로 달렸다. 드디어 대만의 수도 '타이페이'에 도착 했을 때는 이른 아침이었다. 우리나라보다 한 시간이나 늦은 시간이다. 공항에서 시내로 들어가는 대로변엔 키가 훌쩍 큰 종려나무 과에 속하는 열대성 나뭇잎들이 시원스럽게 하늘을 향해 우산처럼 펼쳐져 있다. 그러나 나의 관심은 오로지 대만대학에서 있을 학술회가 궁금할 뿐이었다.

'타이페이' 시내로 들어가기 전 어느 사찰에 들렀다. 그것은 관광객은 누구나 할 것 없이 귀신을 모시고 있는 이 사찰에서 향을 올리고 무사히 잘 도착했다는 신고를 해야 한다는 것이다. 그곳엔 점술사도 몇 분이 있는 모양이다. 내 차례가 됐을 때 점술사는 일본말로 이름을 묻고 향불로 내 몸 구석구석 귀신을 내 쫓는 주문을 중얼거리듯 했다. 그리고는 반달 같은 플라스틱 두 개를 주며 던져보라고 한다. 나는 윷놀이 하듯 던졌는데 두 번이나 다 반듯하게 두 개가 뒤집어졌다. 옆에 있던 문우가 행운이라며 깔깔대고 웃는다. 그녀는 몇 번을 해도 반쪽만 뒤집어졌고, 즐겁게 웃는 모습이 흡사 아이 같았다.

드디어 '모나치' 호텔에 여정을 풀고 대만학교 학술회에 참석하게 되었다. 마침 통역사가 한국어를 중국어로 유창하게 통역하는 가운데, 토론 분위기는 한껏 고조되고 있었다. 중국어에 능통한 우리의 통역사는 아주 앳된 미소년의 얼굴을 하고 사랑스럽기까지 했다. 특히 대만의 팬클럽 회장과 대만대학 교수들의 자국에 대한 자부심은 대단했다. 청소년 때부터 그들은 수필 교육을 철저히 한다고 하며, 상금도 후하게 주고, 또 책으로 발간해서 문학 발전을 시킨다고 했다. 아울러 송(宋)나라 당시의 문화까지 들먹이며 조상의 자랑을 늘어지게 하고 있는 것이다. 특별한 원고가 없어 보이는데 홈그라운드인 만큼 빼기는 감도 있지 않았을까. 나는 맨 앞줄에 우리 측 대표 작가님께서 발표한 논문 내용을 듣고 그만 뒷자리로 가고 싶었다. 그 내용은 한국 수필가들은 대부분 나이가 든 사람들이며 등단 연수가 짧은 사람들이라고, 또 한 가지에도 몰두하지 못하는 작가들을 꾸짖는 이야기였다. 국내에서도 아니고 바다건너 타국에 와서 이런 꾸지람을 들을지 누가 알았겠는가. 이 논문을 통역해 주는 통역사의 이마에 땀이 맺히는 걸 보았다. 순간 책상만 내려다보며 나불대는 아이올렛 인형 같았다. 얼마나 힘이 들었을까. 긴 논문이 발표됨에 시간은 질문할 사이도 없이 점심시간을 지나고 있었다.

그들이 마련한 식당은 음식도 깨끗했고, 각 테이블마다 중국어를 통역할 수 있는 유학생이나 가이드를 좌석에 배려해 주었다. 사실은 빈랑에 대해서 쓰고 싶었는데, 기행문을 쓰다 보니 군더더기가 붙은 것 같다.

버스로 이동하는 동안 가이드는 계속해서 껌도 아닌 것을 질겅질겅 씹으며 익살을 떨고 있다. 바로 그것이 '빈랑'이라는 것인데, 나무 열매를 보여주며 반만 먹으면 얼굴이 붉어 땀이 난다고 한다. 한 개를 다 먹으면 배탈이 나고 밤새도록 설사를 한단다. 고것이 바로 비아그라 역할을 한다고 귀띔을 해주고 씨익 웃고 있는 것이다. 그리고는 여류 작가들한테만 슬그머니 한 개씩 주고 있는 것이다. 나는 내 옆 K 씨가 얻어야 될 걸 내가 슬쩍했다. 꼭 도토리 열매처럼 생긴 것인데 가운데를 쪼개어 그 속에 하얗게 뭉친 액이 갈잎에 싸여 있는 게 갓난 애기가 고깔모자를 쓰고 있는 것 같다고나 할까. 그 하얀 물질은 말랑말랑하고 먹으면 박하 맛이 난다. 많이 먹으면 담배처럼 중독성이 있는 열매이다.

대만에는 가로수나 정원수에 빈랑나무가 많다. 나는 처음에 우리나라에서 볼 수 있는 퀴닉스인가 했더니 오히려 야자나무에 속하는 나무로서 키가 25m 이상이나 되며 잎이 갈라지지 않는 게 특징이다. 그리고 꽃은 흰색이다. 한참 씹으면 붉은 타액이 나온다. 관광버스가 중간 중간 쉬는 곳이면 예쁜 아가씨가 야한 옷차림으로 빈랑을 사라고 들고 온다. 나는 친구에게 선물을 주려고 했는데 끝내 사지 못했다. 버스가 떠난 뒤 가이드 손에 빈랑이 몇 갑 있었다. 짓궂은 K 씨가 내 옆 주머니에 빈랑을 숨기는 걸 보았던 모양이다. 큰소리로 외치며 빈랑 한 갑을 나에게 선물하는 게 아닌가. 순간 나는 홍당무가 될 수밖에 없었다. "친구 분께 선물 하세요! 늙은 꽃이 선물하는 것이라구요" 한다. 나는 속셈을 들키고 말았다. 그리하여 주머니 속에 숨겨 두었던 빈랑이 빛을 보게 되었고, 같은 빈랑끼리 어울려 모두 여덟 개로 늘어나서 사이좋게 어울리게 되었다.

서울에 도착하고 이틀이 지나서 나는 친구에게 선물을 주었는데, 옆에 앉았던 K 씨가 시침을 뚝 따듯이 하는 말 "나도 하나주세요" 하는 것이다. 나는 K 씨의 재치에 웃음이 터지고 말았다. 우리나라는 '신종플루 바이러스'에 너무 약한가 보다. 대만에서는 마스크 쓴 사람 보기도 쉽지 않은데 말이다. 그러고 보니 아이들이나 어른들도 빈랑 먹는 것을 수시로 보았는데, 그 때문에 대만 사람들은 신종플루 바이러스에 강한 것인지 알 수 없는 노릇이다.

새싹

파릇파릇 새싹이 돋아난다. 아주 힘차게 자라고 있다. 꽃일까, 잡풀일까 여간 궁금한 게 아니다. 겨우내 풀 한포기 없이 빈 흙으로만 채워 있던 길쭉한 플라스틱 화분 몇 개가 베란다 한쪽 구석에 방치돼 있었다. 그런데 이게 웬일일까, 알 수 없는 새싹이 돋고 있는 것이다. 나는 흙을 고루고루 펴서 물을 주고 잘 보살피기로 마음먹었다. 식물이 잘 자랄 수 있는 조건은 햇볕과 물, 그리고 습도이기 때문이다. 양지바른 쪽으로 옮긴 후부터는 하루가 다르게 그 싹은 왕성한 발돋움을 하고 있다.

작년 식목일 날 성묘 갔다가 원추리를 캐다 심은 일이 있었다. 그런데 그 싹은 얼마 안가서 시들어 말라 죽었다. 산의 흙과 집안에 있는 흙이 서로 달랐는지 적응을 못하고 그만 꽃도 피우지 못하고 죽은 것을 매우 애석해 했었다. 우리 집 베란다에는 사시사철 꽃이 핀다. 추운 겨울에도 노란 빛깔의 양란이 화려하게 피었다. 나는 추위 속에서도 맹렬하게 피어난 그 양란의 인내심에 감동했다. 그리고는 줄을 잇듯 동양란이 꽃을 피우기 시작했으며, 그 은은한 향기에 청초함을 느끼기도 한다. 그 고상한 모습이 절개를 지키는 옛날 선비의 모습처럼 고고하다. 연달아 주홍색의 군자란 꽃이 만개해서 우리 집은 꽃만으로도 풍요롭다. 분홍과 하얀 철쭉꽃은 이른 봄 일월 말부터 이월 중순까지 피는데, 그때쯤이면 음력설이 끼어 있어 시집간 두 딸과 사위가 온다. 세상에서 무엇과도 비교가 안될 만큼 귀여운 외손녀가 오기 때문에 여간 즐겁지가 않다. 우리 가족만큼이나 화분들도 내 가족 같다. 옹기종기 모여 있는 꽃들은 내 아이들 자랄 때 모습같이 사랑스럽다.

엄동설한이면 꽃이 추울까 봐 대나무 발을 쳐서 유리창에 바짝 붙여 울타리를 만들어 준다. 대나무 발은 추위도 막아주려니와 여름엔 직사광선에 노출되면 화분의 흙이 지나치게 굳어 뿌리가 질식하는 걸 막아 준다. 외출했다 돌아오면 무더위에 지쳐 축 쳐진 이파리는 분무기로 물을 뿌려 촉촉하게 습도를 맞춘다. 자주 호수로 물을 뿌려가며 바닥이나 천정에 습기를 유지해 더위를 식혀 주는 것도 나의 일과이다. 이렇게 하다 보니 이제는 정이 들어 자식같이 쓰다듬어 주기도 하고 대화도 해 본다. 며칠만 돌보지 않으면 어느 새 꽃들이 시들어 마치 기운 없는 사람의 어깨처럼 힘이 빠져 애타게 나의 손길을 기다리고 있는 것이다. 나도 모르게 "어휴, 미안해라. 물 먹고 잘 자라라"하며 격려해 준다. 어쩌면 이들은 나의 상상 속의 어린아이인지도 모른다. 비록 울타리를 쳐서 시골 같지만 도심에서의 이런 시골 풍경은 드물 것이다.

그 밖에도 다른 소철이나 퀴닉스, 행운목도 나에게는 빼 놓을 수 없는 식구인 것이다. 두 딸 결혼 후 막둥이 아들이 혼자 있다. 아직까지 방송 쪽으로 데뷔하지 못해서 안간힘 쓰는 아들을 위로 할 때에도, 집안에 꽃이 피면 조상님 산소에 꽃이 핀 것만큼이나 좋은 일이라며 아들을 달래곤 한다. 또 늦은 저녁이면 남편과 함께 꽃이 만발한 뜰을 보며 맏사위가 갖다 준 마오타이 고량주를 한 잔씩 나누어 들며 감상에 젖곤 한다. '초원의 빛이여! 꽃의 영광이여! 다시는 그것이 돌아오지 않는다 해도 서러워 말지어다. 차라리 그 속 깊이 간직한 오묘한 힘을 찾으소서. 초원의 빛이여! 빛날 때 그대 영광 얻으소서' 라고 윌리엄 워즈워스의 시를 읊조리면 무뚝뚝한 남편도 "우리 인생은 꽃과 같은 것이야"하며 화답해 준다.

철쭉꽃들이 한창 만개할 때쯤, 잠 안 오는 늦은 밤, 무언가에 이끌려 마루문을 열고 나선다. 어느 궁전의 뜰을 거닐 듯 나는 조용히 걸어 본다. 꽃잎이 터지는 소리, 그것은 가슴 속 저 깊은 곳에 깔려 있는 아주 작은 미세한 소리로 들려온다. 이 속삭임은 꽃망울 터지는 기쁨으로 다가와 아주 잠깐 동안 귓가를 스치며 멀리 사라진다. 보드랍게 펼쳐지는 꽃들의 속삭임과 향긋한 내음으로 나는 밤을 지새운다.

열흘 남짓 피었던 꽃들이 아침이면 한잎 두잎 떨어지기 시작한다. 시들어 나무에 매달려 있는 꽃들은 제 삶을 다 끝마친 듯하여 미련도 관심도 없다. 하지만 싱싱한 꽃잎이 톡 떨어지면 얼른 주어모아 푸른 잎 위에 다시 올려놓는다. 젊어서 요절한 사람으로 비교하면 아까운 사람이라고 생각되어서 일까! 손끝에 닿는 철쭉꽃잎의 아기살 같은 보드라운 감촉이 마냥 그립기만 하다. 아직도 나무에 매달려 있으면 화려한 빛을 발할 터인데 밤사이를 넘기지 못하고 떨어진 그 빛이 아까워 한데 모아 다른 화분에 꽂아둔다.

지난여름은 몹시 무더웠다. 숨이 막힐 것 같은 더위 속에서 행운목이 꽃을 피웠다. 그 향기는 집안을 진동했고, 하얀 꽃은 밥알이 소복히 매달린 것처럼 함초롬하게 눈길을 끌었다. 일곱 대에서 여덟 대쯤 올라온 꽃대는 그렇게 화려한 꽃이 아니었다. 처음엔 아주 작은 나무토막이었다. 수반에 담아 싹을 틔우고 뿌리를 내려 화분에 옮겨 심어 남의 집에 시집도 보냈다. 이 작은 토막이 싹이 터서 이렇게 꽃을 피우게 될 줄은 상상도 못했다. 행운이었을까, 우연이었을까.

두 돌이 가깝도록 혼자 걷지 못해 재활의학과에 다니는 외손녀가 몹시도 걱정스러웠었다. 어느 날 향기가 가득한 현관문 앞에 오뚝하니 서서 "할머니!" 하며 부르고 있는 것이 아닌가. 두 발을 땅에 딛고 앙증스럽게 걸어오는 손녀가 내 품에 안길 때까지 꿈인지 생시인지 구분을 못할 정도였다. 행운목이 꽃을 피운 덕분이라며 기쁨의 눈물을 아니 흘릴 수가 없었다. 꽃이 필 때는 경사스러운 일이 생긴다고 믿는 내 생각이 너무나 미신(迷信)적일까, 아니면 꽃에 정성을 쏟다 보니 나 혼자만이 믿고 판단하는 지심(知心)이 생긴 것일까.

화분에 뾰족이 솟아 있는 새싹을 보며 옥수수 싹일까, 원추리일까, 오늘따라 더욱 궁금하다. 한 때 잡곡밥에 두어 먹던 옥수수 몇 알을 버리지 않고 심은 일이 있어서이다. 남의 둥지에 알을 낳고 날아가 버린 뻐꾹새의 알을 자기 알인양 키우는 꾀꼬리의 심정을 생각하며 마음의 결정을 내렸다.

국어사전을 찾아보니 원추리는 란(蘭)과에 속하며 어릴 때 식용으로 나물도 해 먹고 다 자라면 적황색의 꽃이 핀다고 적혀 있다. 혹여 원추리가 아니고 옥수수 싹일지라도, 아니 그

밖의 잡풀이라도 나는 실망하지 않겠다. 메마른 흙에서 파랗게 싹을 틔운 것만으로도 나는 이미 깊은 정(情)을 느꼈기 때문이다.

4. 서울이여 영원하라

서울이여 영원하라
아틀란타의 열기
베이징 올림픽을 보면서
어머니의 봄
엄마의 걸음마
예기치 못한 카드
운명(運命)
잠 못 이루는 밤

서울이여 영원하라

두 그루의 '벤자민'이 마주보며 서 있다. 커피 한 잔을 시켜 놓고 장미 아취가 밀집해 있는 작은 길을 마냥 바라본다. 언제부터인지 모르겠으나 '아가'가 서울을 뜨기 전 우리는 이 찻집에서 가끔 만났다. 유년의 삽화는 아무리 그려내도 그 회환과 슬픔과 아름다움은 더욱 새롭고 그리울 뿐이다. 장미꽃 울타리가 집집마다 어우러져 선혈 같은 붉은 꽃잎이 눈에 부시다. 장미골목 담벼락에 붙어 있는 승용차가 외롭기만 하다. 옛날이나 지금이나 변함없이 이 골목은 크지도 넓지도 않다.

내가 다섯 살 때에 영등포는 일제(日帝)의 잔재가 많이 남아 있었다. 적산가옥이라 일컫는 낡은 목조 건물로 이어진 단층집 사이에 드문드문 이층 양옥집이 있었다. 이 골목에는 향나무와 무궁화 꽃이 작은 도랑 옆에 나란히 줄지어 있었다. 소박

하고 순수한 향기를 풍겨 주는 무궁화 꽃은 우리 동네 어른들의 겸허한 마음의 상징이기도 했다. 자그마한 도랑을 청이와 나는 누가 많이 건너뛰는지 내기를 걸었다. 하지만 번번이 청이는 한쪽 다리가 빠졌다. 지금도 나는 이 찻집에서 어린 시절 고향의 구수한 냄새를 마냥 그리워하고 있다.

한여름 밤 하늘에 총총히 박혀있는 별들은 어머니가 곱게 수놓은 꽃수처럼 아름답기만 했다. 별똥별이 흰 줄무늬를 그으며 날아가는 밤이면 모두들 골목 넘어 모래밭에 떨어 졌다고 했다. '아가'와 '청이'가 입을 모아 내일아침 일찍 가보자고 한다. 항상 큰 막대기를 들고 다니던 청이는 골목을 지날 때마다 눈을 동그랗게 뜨고 장승처럼 지키고 서있다. 그 틈에 아가와 나는 잽싸게 골목을 달렸다. 따가운 모래밭을 이리저리 헤매며 혹시나 사금파리 조각들이 흩어져 있는 것을 보면 이것이다, 저것이다 서로 우겼다. 그러나 우리들 셋 중 아무도 별똥별을 본 사람은 없었다. 샛강 모래밭에 반사되는 햇볕이 우리들의 콧잔등을 사정없이 태웠고, 새빨갛게 달아오른 얼굴로 끝내는 별똥별을 찾지 못한 채 힘없이 돌아오곤 했다. 아마도 별똥별은 모래밭 어딘가에 박혀 있을 것이라고 하면서….

둑을 넘어 동네 어귀에 들어서면 뾰족한 교회 지붕의 십자

가가 햇빛에 반짝거린다. 청이는 눈을 찌푸리며 저 지붕 꼭대
기에 있을지 모른다고 아쉬워 한 마디 지껄인다. 작은 도랑을
건너 동산에 오르면 잡목이 우거져 있는 샛길은 꼬불꼬불하
다. 시골사람들이 망아지와 송아지, 그리고 다래랑 머루랑 서
울 장에 팔려고 넘어오던 고갯길. 푸닥거리를 해서 못된 열병
을 떨쳐 버린다고 지푸라기에 싼 사과며 밤이며 대추를 허옇
게 동산에 뿌리고 가는 사람도 있었으며, 병약한 아들을 위하
여 무병장수를 비는 하얀 깃발, 파란 깃발, 붉은 깃발을 꽂아
놓은 깃대도 보였다. 호기심이 많았던 나는 그 깃대를 뽑아 흔
들며 동네로 뛰어 내려올라치면 동네 아이들과 어른들이 소곤
대는 바람에 어머니를 늘 근심에 쌓이게 했다. 지금 생각하면
나의 철없던 그 행위가 그렇게도 오랜 병고의 시달림을 드린
것 같아 가슴이 저려온다.

그 동산에 학교가 세워졌다. 꼬불꼬불한 숲속 길은 높은 담
으로 둘러싸여 망아지조차 얼씬도 못할 위용을 떨치고 있다.
작은 도랑은 하천과 이어져 속옷을 겹겹이 챙겨 입은 아낙의
옷차림과 같이 단정하고 반듯하게 탄탄대로로 덮이어 있다.
마치 옛날 서울의 아름다움이 송두리째 묻혀 버린 것처럼.

이토록 서울은 많이 변모해 갔다. 별똥별을 찾던 모래밭은
지금의 여의도이다. 그곳은 삼각지대의 모래밭이었다. 처음엔

미군이 들어와서 비행장을 건설했고, 그때부터 민간인은 함부로 갈수가 없었다. 가뭄이 드는 때면 물이 말라 우리들은 그냥 건너갈 수 있는 샛강이 있었다. 그 강에 미군(美軍)이 다리를 놓고 지키고 있었으며, 특수한 정부 기관원이 아닌 다음에는 통과할 수가 없었다. 코가 큰 아저씨가 '갓 댐!'이라고 소리치면 멀찌감치 서서 구경만 하는 게 고작이었다. 잠자리비행기가 하늘을 나는 것을 보면 모래밭의 신기루처럼 느껴졌다. 온데간데없이 사라진 우리들의 모래성은 어디에 갔을까?

새벽녘에는 한강 물장수가 골목을 드나들며 내는 물지게 삐거덕거리는 소리에 잠을 설친 일도 자주 있었다. 서울에 물장수가 생겨난 것은 1800년대 초에 고종이 등극하기 3대 전, 순조 임금 때란다. 한강물을 길어다 파는 물장수들은 대부분 한강변에 모여 살았고 특별 우편물을 배달하는 장정들로써 흔히 북청물장수라고 했다. 유명한 물장수 중에는 이용익 대감이 있었다. 그는 임오군란 때 장호원으로 피신했던 민비에게 궁으로 돌아오라는 고종의 칙서를 전달한 분이다. 소위 강물꾼 신분에서 출세한 그분은 후에 사재(私財)를 털어서 보성중고등학교와 계명학교를 설립하여 우리나라 사학(私學)의 선구자가 된 분이다.

한강물을 그냥 떠먹던 시절에 비하면 참으로 격세지감을 느끼게 한다. 하지만 한강수의 오염 문제가 제기 된다 해도, 골목길의 무궁화 꽃이 매혹적인 장미꽃 울타리로 변했다 해도, 내게는 무던히도 매력적인 고향임에 틀림없다. 무궁화 꽃과 장미꽃이 어우러진 내 고향 노량진의 골목길, 이러한 옛 서울이 있었기에 지금처럼 발전한 서울이 더욱 눈부시고 자랑스럽다.

그리고 내 일생을 통해 잊히지 않는 서울의 생생한 기억이 또 하나 있다. 군인 아저씨들이 '지프'를 타고 둑길을 뽀얗게 먼지를 일으키며 달리는 장면이었다. 빨래를 하시던 어머니는 강 건너 쪽을 바라보시며 몹시 불안해 하셨다. 허둥지둥 서둘러 돌아오는 길에 지나치던 지프 한 대가 어머니 앞에 멈추어 서더니 "아주머니! 3.8선이 터졌어요!" 하는 것이었다. 그들은 철모에 나뭇잎을 꺾어서 터번처럼 두르고 총을 코앞에 바짝 세운 채 북으로 치달렸다. 국군이 아니라 나무들이 달리는 것처럼 보였다. 혼비백산한 어머니와 손을 잡고 달음질쳐 뛰던 길. 그 둑길은 지금 서울이 세계로 통하는 공항로가 되어 있다.

사흘이 지난 뒤, 동네 사람들은 구름처럼 서울을 떠나기 시작했다. 내 친구 아가네도, 청이네도 칠갑산 쪽으로 떠난다고 짐을 꾸렸다. 그날 새벽 서울은 온 천지가 울리는 굉음과 폭음이 터지면서 붉은 불기둥이 하늘을 향해 치솟았다.

"한강 다리가 끊어졌다!" 서울의 허리가 끊어지자, 사방에서 아우성 소리가 들렸다. 수많은 아저씨들이 애국가를 부르며 다리를 건너갔는데 다시 돌아왔는지는 아무도 모른다.

모두 떠난 뒤 우리는 친척들의 소식을 듣기위해 하룻밤 더 서울에 머물렀다. 정든 고향을 버리고 나는 아버지 등에 업혔다. 그것도 이불 짐 위에. 할아버지가 계셨던 충남 당진으로 피난을 갔다. 모두가 양식이 떨어져 난리였다. 그때 무엇인지도 모르는 채 나는 하루 빨리 서울로 가야만 배고픔도 불안도 해결될 것 같았다. 그저 서울로 가고 싶을 뿐이었다. 고향의 하얀 쌀밥이 그리웠는지도 모른다.

서울이 수복되자, 고향으로 향할 때에는 어린 마음에도 '이제는 살았구나!' 했다. 뛸 듯이 기뻤다. 전쟁이 휩쓸고 간 황량한 벌판을 지나 서울에 도착했을 때에는 벼가 누렇게 익어갈 무렵이었다. 전쟁 중에도 동산 옆 다랑이 논에는 메뚜기가 날아다니고, 누가 가꾸었는지 백일홍과 다알리아가 핏빛처럼 붉고 탐스럽게 마당을 가득 채우고 있었다. 나는 강아지풀을 엮어서 메뚜기목을 질끈 붙들어 매었다. 그러나 이런 평화로움은 잠깐이었고, 1.4후퇴로 인한 전쟁의 아픔은 어린 나에게도 많은 상흔을 남겼다. 비행기 소리만 요란해도 놀란 토끼처럼 집으로 뛰었다. 흰 눈이 펄펄 날리는 서울의 아침을 두고 우리는 또 부산으로 향했다.

부산에서의 학창시절은 나를 경상도 사람으로 변화시켰다. 고향에 다시 왔을 때는 오히려 타관처럼 느껴지던 서울이었다. 오늘의 서울은 탐스럽고 복스럽게 익은 과일이다. 서울이라는 나무가 세계의 도시라는 열매를 맺기까지는 그간 수많은 젊은이들의 피와 근면 성실한 우리 국민들의 땀이 조화를 이룬 합작품일 것이다. 푸른 서울이 더욱 성숙하여 탐스러운 열매를 맺으려면 우리는 과감하게 공해로부터 탈출해야 한다. 깨끗한 거리와 청정한 공기, 그리고 사람마다 웃음꽃을 잃지 않는다면 우리의 서울은 지구촌의 어디에 내놓아도 가장 아름다운 도시가 될 것이다.

나를 낳고 길러준 고향의 냄새가 골목마다 애틋하게 서려 있다. 소꿉친구들을 떠나보낸 나는 혼자이지만, 옛날의 서울은 참으로 순박하고 정겨운 도시였다.

추억은 새벽이슬처럼 영롱한 것. 보랏빛 향수가 내게로 엄습해 온다. 무궁화 꽃은 어디로, 친구와 향기 가득한 도랑과 숲속 길은 모두 어디로 갔을까. 아가는 물 건너 수륙만리 길을 떠났으니…, 소식도 없는 그녀를 생각하며 나는 그 골목길에 장승처럼 우뚝 서 있다. 아직은 청이와 아가를 기다리는 내 마음에는 〈서울이여 영원하라〉는 깃발이 힘차게 펄럭이고 있다.

아틀란타의 열기

가마솥 같은 불볕더위 속에서 아틀란타의 올림픽경기는 뜨거운 열기를 뿜고 있었다. 연일연시(連日連時) TV 화면으로 전송되는 뉴스는 온통 금메달, 은메달을 연발하며 온 국민을 흥분의 도가니로 몰아넣고 있었다. 우리 가족은 여자 핸드볼게임을 지켜보기 위해 목욕도 순번으로 해가며 새벽녘까지 기다려야 했다. 그것은 주경기의 앞 뒤 상황을 체크하기 위한 심산에서였다. 연장전까지 계속된 경기는 금메달이 은메달로 떨어지는 갈림길에 접어들었는데, 나는 여기서 손끝이 차갑게 저려오는 긴장감을 느꼈다. 더위도 잊은 채 흥분된 감정을 주체하지 못한 나는 그만 책상을 탕 치고 말았다. 아깝게도 금메달을 놓치고 만 그 안타까움이 좀체 가라앉지 않았기 때문이다.

덩치 좋은 상대방 측 골키퍼의 오른쪽을 공략할 때마다 실패로 끝난 것이 바로 그 패인이라 할 것이다. 그럴 때마다 골키퍼의 왼쪽에 누구 한 사람만 있었어도 패스는 가능했을 텐데 참으로 안타까웠다. 식은 죽 먹기로 너무나 쉽게 공을 걷어내는 골키퍼가 얄밉기까지 했다. 키퍼의 몸에 맞고 튀어나오는 그 공마저도 미워졌다. 창밖엔 아틀란타 쪽 저편 하늘로 넘어가는 샛별이 희미하게 사라지면서 잠마저 멀찍이 달아나고 말았다. 그러는 사이 내 마음은 어느덧 초등학교 시절의 운동장으로 달려가고 있었다.

전쟁이 끝나고 서울로 전학 온 나는 아이들과 잘 어울리지 못했다. 쉬는 시간이면 양지바른 곳에 혼자 앉아 굵은 공깃돌을 머리 위로 던지며 왼손으로 탁 받아 쥐면서 아이들의 시선을 끌기도 했다. 그러던 어느 날 담임선생님은 나와 몇몇 아이들을 지명하여 방과 후에 남으라고 하였다. 어리둥절해 하는 나에게 학급 대표로 송구 선수단에 이름을 넣었으니 열심히 뛰어보라는 것이었다.

각 반에서 대여섯 명씩 뽑힌 선수들은 우선 예선 과정을 거쳐야 했다. 다음 날 아침 일찍 등교하라는 체육 선생님의 명령을 받고 우리는 모두 헤어졌다. 마침 그날 아침은 내가 제일 싫어하는 산수 시간이어서 이를 피할 수 있는 좋은 구실이 생겼다고 좋아했다. 신바람이 난 나는 아이들이 모여 있는 운동장 한가운데로 뛰어가 보니, 우리 반에서 공부를 제일 잘하는 정희와 금정이도 있었다. 이윽고 공 던지기는 시작되었다. 선생님의 호루라기 소리에 뽑혀 나가는 아이들이 서너 명 있었다. 별로 구기운동을 해보지 않았지만, 나는 제법 옆에 있는 정희의 공까지도 덥석덥석 잘 받은 덕분에 선생님의 칭찬을 받게 되었다. 물론 열 한명으로 조직된 선수단에 무난히 끼게 되었다. 그 때부터 맹훈련이 시작되었는데, 운동에 소질이 있었던지 선생님 눈에 잘 들어 송구부 주장까지 맡게 되었다.

어린 마음에 어깨에 힘까지 주고 다니던 그 해 가을이었다. 이웃 동네에 있는 초등학교와 여러 번 시합이 있었는데, 우리는 청룡 무늬가 들어 있는 금컵과 은컵을 타다가 교장선생님께 드렸다. 그리고 또 폭이 넓은 휘장도 갖다 놓았다. 월요일 조회시간이면 전교생이 모인 운동장에서 교장선생님은 흐뭇한 웃음을 흘리면서 그 우승컵을 선수 대표인 나에게 시상하셨다. 우레와 같은 박수갈채 속에 파묻힌 나는 온통 하늘 높이 둥둥 떠올라 가는 기분이었다. 그 뜨거운 격려의 덕분으로 나는 더 열심히 용기백배하여 경기에 임했다.

가을 운동회가 끝날 무렵, 우리는 호적수(好敵手)인 Y초등학교와의 시합이 있었다. 그 날의 시합은 두고두고 내 마음에 상흔처럼 남아있는 운이 나쁜 경기였다. 우리 팀은 역전(歷戰)의 시합에서 승리를 쌓아 올린 정예부대로서 선수들의 키와 몸무게가 모두 고르게 비슷했다. 그러나 Y초등학교 팀은 체격이

월등하게 커서 승리만을 노리는 변칙 구성이란 걸 한눈에 알아 볼 수 있었다. 우리 측의 선생님은 강력하게 항의하셨지만, 주최학교의 텃세에 밀려 그대로 시합은 진행되었다. 운동장은 그들의 홈그라운드였고, 심판관들은 본부석에 앉아 맥주와 사이다 등의 음료수를 마시면서 희희낙락 하는 모습들이 멀리 보였다. 이렇듯 불만스런 분위기 속에서 시작된 경기는 처음부터 그들에게 밀리는 바람에 우리 팀은 '패스'도 '드리블'도 제대로 할 수 없었다. 특히 나를 따라다니는 덩치 큰 여자아이는 상대편 주장 선수였다. 등 뒤에서 매양 힘으로 밀어붙이는 그 아이에게 밀려 무참히도 공을 빼앗기곤 했다. 힘으로 달려드는 상대편에 대해서는 속이는 방법만이 최선이라고 생각했던 나는 그녀가 내게 했듯이 꼭 끌어안고 있는 그 아이의 가슴에서 공을 빼앗았다. 그리고는 오른쪽으로 달려갈 듯이 방향을 꺾었다가 살짝 왼쪽으로 틀면서 드리블로 달렸다. 단독 드리블로 달려간 나는 이제 그 사나운 골키퍼와의 대결로 접어들었다. 패스도 하지 않고 숨 가쁘게 달려간 나는 키퍼의 오른쪽을 향해 정확히 45도 각도로 공을 쳐들어 던지고 싶었다. 하지만 눈치 빠른 키퍼는 오른쪽을 향해 몸체가 기우뚱 하는 것이 아닌가. 그 때를 놓칠세라 왼쪽을 향해 던진 볼은 골 안으로 깊숙이 골인되었다. 모든 것이 순간포착인 만큼 내 귀엔 아무 것도 들리지 않았다. 기쁨의 눈물이 왈칵 솟구치는 찰라,

어느 새 달려왔는지 심판 선생님은 가을볕에 달아오른 내 등을 탁 치면서 호루라기를 불었다. 드리블 반칙, 즉 골라인 반칙을 선언하는 것이었다. 지워져서 보이지도 않는 라인이 어디 있느냐고 따졌던 나는 그만 땅을 치면서 울음을 터트리고 말았다. 이렇게 해서 게임이 무승부로 끝나자, 가위바위보로 승부를 결정하게 되었는데 그 날의 패자는 내가 되었던 것이다.

어른이 된 지금도 일이 잘 풀리지 않거나 무안을 당할 때면 등이 후끈 달아오르는 것이 아마도 그때의 징크스인 것 같다. 운동경기 중에는 가끔 심판의 오판으로 인해 선수들이 항의하는 것을 볼 수 있다. 그러나 심판의 결정은 불가침적 권한이기 때문에 누구든지 그 결정에 따를 수밖에 없다. 승자는 남고 패자는 말없이 사라져야 함을 그 때는 왜 깨닫지 못했을까….

오늘의 핸드볼 경기도 한국 팀의 체력 부족 탓이라고 모든 방송은 입을 모으고 있다. 끝내 상대편 골키퍼의 왼쪽을 공략 못한 것을 아쉽게 여기는 새벽, 아틀란타의 열기만큼이나 달아올랐던 내 어린 시절의 추억이 가물거리는 남십자성처럼 아스라이 멀어져 가고 있었다.

베이징 올림픽을 보면서

요즈음 나는 매일 즐겁다. 외출했다 집에 오면 TV부터 켠다. 그것은 베이징 올림픽에서 우리 선수들의 금메달 사냥이라며 연일 시시각각 뉴스를 전해 주고 있기 때문이다. 금이 아니면 어떠랴, 은메달도 좋고 동메달도 좋다. 그 동안 피나는 노력과 땀 흘리며 열심히 연습한 대가라고 생각한다. 아무쪼록 대한의 낭도와 낭자들이여, 그 기량을 마음껏 발휘하시라! 체력은 국력이며 미래는 그대들의 것이니까.

고대 올림픽 경기는 그리스인들의 주신(主神) 제우스를 기리는 종교 행사에서 비롯된 것이다. BC 776년에 시작하여 AD 392년 까지 아테네에서 4년에 한 번씩 개최되었다고 한다. 올림픽의 참가 자격은 순수한 그리스 남자이며, 여성은 출전 금지였다고 한다. 경기장 내에 입장을 시키지 않았지만, 그리스의 어느 왕비에 한해 예외적으로 입장이 허용됐다는 이야기도 있다. 근대 올림픽의 제창자 쿠베르탱은 스포츠를 통하여 세계의 청소년들이 손을 맞잡는 일이야말로 '세계 평화의 지름길'이라고 하였다.

여성 출전 금지가 파괴된 것은 서기 1900년의 파리 대회였다고 한다. 영국과 프랑스에서 골프와 테니스 경기에 여성 12명이 참가 하였으며, 그 이후 천 명이 넘을 정도로 여성 출전자가 늘어났다고 한다.

나는 초등학교 시절 핸드볼 선수였다. 그래서 축구경기보다는 핸드볼경기를 더 즐겨본다. 왜냐하면 발로 차는 것 보다는 손으로 던지는 게 훨씬 수월하지 않을까 하는 점에서다. 그 시절 내 주변에 있는 축구부는 아주 지리멸렬한 남학생들로, 시합에 나갔다 하면 번번이 패배하기 일쑤였다. 우리 집은 남편과 아들이 축구 경기를 좋아해서, 그런 날은 식탁에 놓인 음식을 아예 밥상에 옮겨 마루에 차려 놓는다. 두 부자(父子)는 정신없이 TV에 몰두한 나머지 자신들이 선수인양 발차기에 바쁘다. 그 모습은 어깨와 무릎이 들썩거리며 공이 가는 쪽으로 같이 움직이는 것으로 보아 틀림없이 발차기에 빠져든 것으로 보이기 때문이다. 고조된 분위기에 그만 나도 같이 어울리고 만다. 축구는 선수의 발차기에 따라 운명적인 한 점을 올릴까

말까 결정적인 순간이 되는 것이다. 그러나 아슬아슬하게 골문을 빗겨 나가는 공을 볼 때면 한 점을 놓친 것에 대해 가슴이 두 방망이질 친다. 흥분된 나는 혼자 중얼거리기까지 한다. "여태껏 밥 먹고 그것만 연습했는데 왜 저래?" 하며 툭 내뱉고 만다. 그러면 남편과 아들은 나를 흘깃 보며 무언중에 그 얼마나 힘든 일인가를 생각해 보란 눈빛이다. 흥미가 없어진 나머지 침대에 눕고 만다. 그런데 "슛 골인!" 하는 들뜬 음성의 해설자와 아나운서의 멘트가 있을 때만 침대에서 후딱 일어나 마루로 나온다. 다시 재방영해 주는 걸 보고 그때서야 "잘한다. 잘했어!" 하고 박수를 친다. 결과만 보아도 속이 다 후련해지기 때문이다.

핸드볼 경기는 내가 직접 경험해 본 운동이다. 그 때는 핸드볼을 '송구'라고 했다. 각 학교마다 가을이면 대통령배 쟁탈전이 있었고, 시합에 이기면 금빛의 우승컵과 큰 깃발을 들고 온다. 우선 교장실에 잘 모셔 두고, 선수들은 교장선생님께 악수까지 하며 격려를 받곤 했다. 그 다음 주 월요일 조회 때 전교학생들이 있는 자리에서 나는 선수 대표로서 교장선생님께서 하사하시는 우승컵을 들고 동료 선수들과 함께 운동장을 한바퀴 도는 것이다. 우레와 같은 박수 소리와 행진곡이 울리면 정말로 날아갈 것 같은 그 기분을 아무도 모를 것이다. 그런데 이번 베이징 올림픽에서 국제 심판이 오류를 범한다면 어떻게 할 것인가. 핸드볼뿐만 아니라 다른 종목에서도 여러 번 있었다. 번번이 우리 선수들에게만 실점을 준다는 것은 형평성의 원칙에 어긋난다. 자격 미달인 그들이 얼마나 더 우리를 짓밟고 행패를 부릴 것인가. 시합이 끝났음에도 불구하고 신호는 울리지 않았고, 경기를 진행시켜 노르웨이 팀에게 한 점을 인정한 것이다. 우리의 핸드볼 선수들은 열심히 싸우고 또 투혼을 발휘하여 동점을 만들었는데, 이게 웬 말인가! 심판은 점수를 인정하고 그들에게 준 것이다. 자기네 나라 선수니까. 물론 국제 심판관은 전부 외국인들이었고, 대한민국의 심판은 아무도 없었다. 우리 측 Y 감독이 항의를 하자, 여러 가지 핑계를 대는 모양이 쥐어박고 싶은 심정이다. 심판관의 결정은 절대 불변이란 법칙을 깨닫지 못하는 바는 아니지만, 이왕에 할 일이면 제대로 하라는 것이다.

우리는 작은 고추가 맵다는 조상님들의 격언을 생각지 않을 수 없다. 드디어 헝가리 전에서 33 : 22라는 점수로 이긴 것이다. 동메달을 획득한 것이다. "대한의 낭자들이여, 잘한다! 잘했어!"라고 목청껏 소리 높였다.

어머니의 봄

어머니께는 봄이 색다른 계절이었다. 손수 앞마당에 꽃씨를 뿌리고 잘 가꾸어서 우리 집은 이웃에서 꽃집으로 알려졌다. 꽃을 가꾸는 어머니의 정성은 이만저만이 아니었다. 생선 내장이나 생선 씻은 비릿한 물을 하수도에 버리기는커녕, 흙과 골고루 버무려서 꽃밭 한구석에 묻어 놓은 거름더미를 볼 수 있었다. 여름이면 파리가 끼고 집안에 진한 거름 냄새가 풍겨도, 불편하신 몸으로 직접 움직인 정성에 함부로 손을 댈 수가 없었다. 하지만 봄부터 여름을 넘기기까지 우리 집은 진달래며 개나리 울타리가 일색을 이루었고, 뒤뜰에는 아기살 같이 보드라운 아카시아 꽃향기가 집안을 가득 채웠다.

화단에는 채송화며 할련화와 금잔화가 만발했고, 연분홍 장미꽃이 주먹만큼씩 탐스럽게 피어 있었다. 가을이면 국화와 과꽃이 어우러져 길가는 사람들은 담 너머로 집안을 기웃거리

기도 했다. 밖에 나가는 일이 없었던 어머니는 꽃 가꾸는 일로
하루해를 보내셨고, 그 일만이 유일한 낙이기도 했다.

　우리 집은 일본사람이 살던 집이었는데, 넓은 온돌방이 세
개 있었고 여덟 칸짜리 다다미방이 있었다. 늦은 가을 귀뚜라
미가 또르륵또르륵 우는 밤이면, 그 방에서 책 읽기를 좋아했
다. 자주색 국화꽃과 노란 국화꽃이 화병 가득히 꽂혀 있는 그
다다미방에서 나는 많은 문학 서적을 탐독할 수 있었다.
　그 때 읽은 책 중에서 가장 기억에 남는 스토리가 있는데,
'데이빗 카퍼필드'의 자서전이다. 열여덟이란 어린 나이에 남
편을 잃고 어머니가 된 카퍼필드의 엄마는 세상 물정을 모르
는 소녀였다. 카퍼필드가 대여섯 살쯤 되었을 때 그의 엄마는
어떤 남작과 재혼을 한다. 남작의 모진 학대로 카퍼필드는 할
머니댁으로 피신 아닌 도망을 가게 된다. 의붓아버지에게 버
림받은 엄마는 카퍼필드를 남겨 놓은 채 세상을 뜬다. 후에 카
퍼필드는 법률사가 되어 어머니와 닮은 도라와 결혼하지만,
도라와도 사별하고 만다.
　항상 어머니를 사랑하며 동정했던 그 마음에 깊은 감명을
받았다. 그것은 내 어머니의 불편한 몸을 생각하면 카퍼필드
의 마음만큼이나 괴로웠기 때문이다. 누구나 어머니에 대한
모정을 모르진 않지만 어머니가 세상을 떠나신 지 오래된 지

금도 나는 어머니의 환상을 잊을 수가 없다. 가끔씩 시 한 수 쓰시며 눈물짓던 그 모습이 봄만 되면 내게 그리움으로 사무친다. 오월이면 집안에 가득한 아카시아 꽃향기에 취한 나머지 부푼 꿈으로 잠을 이루지 못했고 공상의 나래를 펴며 뒹굴기도 했다. 그 시절이 그립고 새로워지는 것은 나도 모르게 내 모습이 어머니를 닮아가기 때문이다.

봄날 아침 철쭉이 활짝 피어 있는 앞 베란다를 보고 있노라면 어느 새 봄은 일찍부터 찾아와 화분 사이로 아지랑이가 모락모락 피어오른다. 물오른 꽃대가 좁은 베란다를 가득 채우고 있지만, 넓은 마당 부럽지 않게 나는 봄을 즐기고 있다. 흙 한 점 없는 내 좁은 마당에는 춘란이 한창이다. 군자란은 한 화분에 세 개씩 꽃대가 올라와 풍성한 봄이 무르익고 있다. 서둘러 봄을 맞이한 철쭉은 손바닥 만 한 크기로 피어 붉은 꽃잎이 화사하기 이를 데 없다. 햇살 바른 봄날 나는 호젓하게 앉아 어머니처럼 펜대를 굴려가며 시 한수 쓸려고 해도 감흥이 생기지 않는다.

어머니가 지금 내 나이쯤 되셨을 무렵이었다. 우연찮게 오른팔이 아파지기 시작하더니 영영 팔을 못 쓰게 되었다. 아무도 그 이유를 몰랐고, 알려고 하지도 않았다. 무관심 속에 방치해 둔 것이 영영 불편한 몸이 되고 말았다. 꽃밭을 열심히 가꾸었던 어머니 마음을 이제는 알 것 같다. 어쩌면 봄은 어머니에게 몸이 회복될 수 있는 절호의 기회였을지도 모른다. 만물이 소생하는 봄맞이를 무던히도 참고 견디었을 어머니를 생각하면 안타깝기 그지없다. 진달래 개나리 피던 어느 봄날에 어머니는 팔 한 번 제대로 펴지 못한 채 조용히 눈을 감으셨다.

무심코 바라본 베란다 화분에서 솔솔 봄기운이 스며든다. 나는 이 향기 속에서 어머니를 생각하며 봄을 오랫동안 만끽하고 싶다.

엄마의 걸음마

그 해 가을이었다. 단풍이 곱게 물든 설악산에 여행을 가자고 동료 직원들이 사방에서 들썩거렸다. 순간 나는 병든 어머니를 늘 간호하고 계시는 아버지 생각을 했다. 그간 여행은 고사하고 짧은 시간도 집을 비우는 일은 마음조차 먹어본 일이 없었다. 결정을 못하고 있던 어느 날, 그 일을 아신 아버지는 쾌히 승낙하셨다. 차라리 그 답답한 굴레를 벗어나고 싶었다는 것이 솔직한 심정이었다. 아버지께 죄송한 마음에 내 나름대로 떠날 구실을 만든다는 것이기도 하였다. 설악산 대청봉에 올라 어머니를 위한 기도를 드리겠다고 나는 스스로를 위로했다. 이튿날 새벽 집을 나올 때 나를 배웅하던 아버지의 쓸쓸한 모습이 지금도 선연하다.

어머니의 병은 명약을 쓰고 갖은 방법을 다 써도 차도가 없었다. 얼굴 한 번 붉힌 일이 없이 아버지는 어머니 건강에 온 갖 정성을 쏟았다. 그런 아버지의 마음을 아는 나로서는 부담스런 맘으로 손을 흔들었다. "아버지! 기도 많이 할 게요" 하고는 얼른 얼굴을 돌리고 골목을 향해 뛰었다. 얼마만큼 달린 뒤 뒤를 돌아보니 그때까지도 아버지는 대문에 서 계셨다. 어렸을 때 얼핏 보았던 할아버지 얼굴과 너무나 흡사한 모습에 가슴이 뭉클했다.

초가을의 새벽바람은 겨울처럼 차가웠다. 택시를 타고 마장동에 도착했을 때에는 먼동도 트기 전 새벽 정류장에 나 혼자만이 도착해 있었다. 왜 아무도 안 나왔을까? 영문도 모르는 채 미련하게 몇 시간을 기다렸다. 몹시 속이 상했지만, 놀란 듯 반가워하는 일행을 따라 우선 버스에 몸을 실었다. 처음 등산하는 내가 부담스러워 기다리다 지치면 그냥 가지 않겠느냐고 K 씨와 남자 동료들이 술수를 쓴 것이다. 버스는 동해안 골짜기를 따라 신나게 달렸다. 잠을 설친 나는 간간히 졸기도 했다. 난생 처음으로 동해안 하얀 파도를 보니 체증이 가신 듯 가슴이 트였다. 집의 일은 까맣게 잊었다. 여행을 할 수 있다는 것이 얼마나 즐거운 일인가. 마음이 날아갈 것 같았다.

설악호텔에 여장을 풀고 일행은 이튿날 새벽 대청봉을 향해 출발했다. 비선대를 지나 귀면암에서 금강굴 입구를 멀리 바라보며 천불등 계곡을 지날 때까지 단풍은 그리 곱지 않았다. 천당폭포 에서 양폭과 음폭의 생김새를 쳐다보며 속으로 웃었다. 많은 산사람들의 목숨을 앗아간 죽음의 계곡을 지날 때에는 나도 모르게 숙연해졌다. 그곳에서 소청으로 가는 시간은 빠른 걸음으로 세 시간 정도였다. 소청으로 가는 도중 대피소에서 아침 식사를 간단히 끝냈다. 당일코스로 정상을 올라야 했으므로 무조건 강행군이었다. 리더로 앞장선 K 씨는 나를 흘긋흘긋 곁눈질하며 어제의 일을 미안해하는 눈치였다. 그는 산사람 특유의 어웨이크하는 신호가 메아리 되어 되돌아오는 걸 즐거워하는 표정이었다. 자욱한 안개 속에 내설악의 단풍은 조용히 물들고 있었다. 중청을 향하여 오를 때는 경사가 매우 가파르게 이어졌다. 서울 근교 산에도 오른 경험이 없던 나에게는 가장 힘든 코스였다. 왜 이때 집에 계신 아버지와 한 발자국도 움직이지 못하는 어머니 생각이 나는지 가슴이 저렸다. 숨을 몰아쉬며 고개를 넘으니 대청봉에서 뻗어 내려온 두 줄기의 말 잔등 같이 생긴 산등성이에 단풍이 붉게 타고 있었다. 그 형상은 마치 누런 황소 두 마리가 힘차게 대청봉을 향하여 뛰어오를 것 같은 웅장함이었다. 왜 그렇게 보였는지 알 수 없지만 내 어머니도 이렇게 씩씩하게 걸을 수 있다면 하는 바람 때문이었을 것이다.

단풍은 대청봉에서부터 봄이 오듯 오나 보다. 바알갛게 타오른 꽃 진 철쭉 나뭇잎이 마치 솜이불을 펼쳐 놓은 듯해 그 자리에 눕고 싶도록 포근한 어머니 품속 같았다. 아무도 모르게 마음속으로 대청봉 산신령님께 빌었다. 가끔 유명하다는 점집에 가 보았던 나는 어깨너머로 그들이 산신령님을 부르는 것처럼 아주 작은 소리고 절박하게 외쳤다. 기도가 끝나갈 무렵 K 씨의 고함치는 소리에 소스라치게 깨어보니 일행은 벌써 정상을 향해 오르고 있었다. 멋쩍어 하는 나에게 그는 한 마디 더 거들었다. "올해는 백마를 탄 왕자님이 데려가 주게 해 주십사 하고 빌었지?" 하며 놀렸다. 감추고 있던 서러움이 울컥거리기 시작했고, 어머니 생각에 눈물을 왈칵 쏟고 말았다. 결혼이라는 말만 들어도 거부감을 가졌던 나는 그때부터 K 씨에 대한 감정이 극도로 나빠졌다. 지금 생각하니 구태여 그럴 필요도 없었는데 말이다.

십 년을 넘게 누워만 계시던 어머니는 한시라도 아버지가 안보이면 불안해하셨다. 이것이 아버지가 어머니 곁을 떠날 수 없는 이유였다. 자식도 진저리를 치고 마는 긴 병고를 아버지는 오직 혼자서 해냈다.

그 해 가을은 무척이나 힘든 가을이었다. 들녘에는 소달구지에 미처 실려 가지 못한 누렇게 익은 볏단만 머리를 맞대고

있었다. 가르마 같은 논길 사이로 달려오는 하얀 버스는 내 아
버지의 기나긴 고통을 정녕코 덜어줄 것인지…. 영구차에 몸
을 싣고서도 어머니보다 아버지가 먼저 돌아가셨다는 사실이
믿겨지지 않았다. 아버지는 그 정성에도 불구하고 끝내 엄마
의 걸음마를 보지 못한 채 눈을 감으셨다. 갑자기 돌아가신 아
버지는 열흘 뒤에 어머니를 데려갔다. 아마도 어머니 두고 가
신 것이 자식들에게 짐을 남겨 놓는다고 생각되었는지, 또는
당신이 없으면 불안해하던 어머니를 걱정했기 때문인지….
　아직도 나는 가끔 병원에서 수염이 허연 할아버지가 할머니
의 휠체어를 밀고 가는 모습을 보면 간절한 아버지 생각에 잠
을 이룰 수가 없다.

예기치 못한 카드

크리스마스카드 한 장이 마루에 떨어져 있다. 깨알 같은 글씨로 단정하게 접은 카드는 딸아이가 친구에게 보내려고 접어 놓은 듯싶다. 하루 종일 창가에 나부끼는 눈발 속에 딸이 연주했던 '더블베이스' 음률이 퍼져 나간다. 이 곡은 전 악장이 3악장으로 되어있으며 '디터스드롭프'는 '카덴자'를 포함한 곡으로서 관현악의 대명사로 꼽히는 곡이다. 녹음기에선 자연스럽게 밴드브라스와 어울려 쉴 새 없이 흘러나오고 있다.

얼마 전 작은 딸이 예술의 전당에서 '한빛취주교향악단'과 협연을 무난히 끝냈으며, Y종합학교 본선까지 진출한 곡이었다. 오렌지 빛의 드레스를 입고 연주하는 딸의 모습은 기특하기만 했다. 관중의 갈채를 받으며 몇 번의 답례인사를 한 뒤 리셉션까지 조출하게 잘 치렀다. 그러나 그 후부터 딸은 입을

꼭 다문 채 오물거리며 껌을 씹는 것으로 실패의 쓴 잔을 나타
내고 있을 뿐이었다. 창밖을 멍하니 내다보는 검은 눈동자는
깜박 하면 곧 쏟아질 것 같은 눈물이 고여 있다. 딸의 정적 속
에 어떻게 내가 자리를 비집고 들어가야 할지 눈치만 살폈다.
길 가에는 나뒹구는 낙엽이 내 가슴을 더욱 조이고 있다. 나의
지나친 욕심으로 대학입시도 치르기 전 딸에게 너무 심리적
부담을 주었나 하는 자책감으로 몹시 괴로웠다.

　이십 년 전 딸이 태어나던 해는 눈발이 폴폴 날리는 초겨울
이었다. 두 번째 딸을 낳은 나에게 남편은 "잘 자!" 그 말만
남기고 병실을 나갔다. 그렇지 않아도 힘이 드는데 남편이 야
속했다. 의사 선생님은 예쁜 딸을 낳았으니 아무 걱정 말라고
위로해 주었는데 말이다. 긴 머리를 늘어뜨린 채 돌아앉아 있
는 딸의 모습은 어느 새 어린아이 같았던 시절이 지난 성숙한
처녀의 모습이 아닌가? '저 아이가 내 마음을 알 때쯤이면 내
머리도 하얀 눈발이 내려앉겠지?' 하는 생각에 망연자실했다.
　딸의 분신 같은 콘트라베이스를 싣고 자동차 행렬과 사람들
이 붐비는 거리를 하루에도 몇 번씩이나 누비고 달릴 때 오히
려 딸보다 더 강한 집념이 내게 있었다. 심지어는 집에서 멀리
떨어진 곳에 연습실을 얻어 놓고 맹연습을 시키기도 했었다.
선생님께 꾸중을 들은 날은 내가 더 심하게 꾸중을 보태 주었

고, 그런 일로 딸을 울린 일이 한두 번이 아니었다. 그 동안 애정을 가진 어머니였는가, 아니면 잔인할 만큼 혹독한 어머니였는가? 지난 일이 주마등처럼 스쳐갔다. 베이스의 저음이 무게 있게 흐르기 시작하며 차츰차츰 첼로의 소리로 바뀔 때는 한없이 감미롭고, 바이올린 소리같이 가냘프고 처절한 선율로 이어지면 공연히 가슴이 울컥거려 감동의 메아리로 물결쳤다. 딸이 레슨을 받는 동안 나는 그 곡목을 거의 외우다시피 하고 나도 몰래 콧노래까지 부를 정도였다.

수험번호를 달고 심사위원 앞에 서 있는 딸의 얼굴이 백지장 같았다. 단 한 번의 실수도 있어선 아니 되었다. 그것이 합격, 불합격이 결정되는 순간이니 참관인석에 앉아 있는 학부모들 마음이야 어떠했으랴. 나는 고개를 돌려 외면해 버렸다. 그 커다란 악기를 끌어안고 열심히 활을 켜고 있는 딸의 연주에서 ‘따가닥’ 하고 틀린 곳을 바로 알 수 있었기 때문이었다. 그 때부터 내 심장은 자갈밭을 달리는 수레바퀴처럼 덜컹거렸다. 그러나 한 곡을 끝마친 아이는 자신감 있게 두 번째 곡 ‘호프마이스터’를 무난히 마쳤다. 본선 심사가 끝난 후에 들은 이야기가 나를 좌불안석하게 했다. 심사위원들이 참관인석에서 울고 있던 어머니가 누구 어머니냐고 물었다는 것이다. 그 때부터 혹시나 하는 염려가 가슴을 조이기 시작했고, 불안한 예감은 적중하고 말았다. 손수건으로 눈물을 닦으며 마음을 진정시킨 것이 심사위원 눈에 거슬렸던 모양이다. 대입시험 때에는 절대로 참관인석을 피해야겠다는 결심도 했지만, 나 때문에 그리 된 것 같아 두고두고 미안스러웠다.

　무심코 마루에 떨어진 카드를 집었다. 주소에는 '본제입납'이라고 깨알 같은 글씨가 쓰여 있고, 보내는 사람은 남편의 이름이었다. 평소에는 필체가 별로라고 매사에 글씨 쓰는 걸 거부하던 그는 공문서마저도 내게 맡기는 버릇이 있었다. '남편이 나에게 카드를 보낸 이유가 무얼까' 하며 카드를 편 순간, '오늘은 태양이 서쪽에서 뜬 걸까?' 하는 생각이 들었다. 카드 내용은 '여보! 딸의 일로 수고가 많았으니 올 겨울에는 둘이 여행이나 합시다. 오늘도 저녁은 먹고 들어갈 터이니 아무 걱정 말고 더더욱 재실이에게 성의를 다 해주길 바람…. 아마도 포장마차에서 소주나 몇 잔 더하고 갈 것 같소. 무대 위에 선 재실이의 모습을 보는 순간 돌아가신 아버지께 감사의 기도를 올리며 눈시울을 적셨다오. 하필이면 예술원 발표 날이 그 아이가 협연한 날이라 많은 부담을 가졌을 것이오. 그렇지만 당신과 재실이가 최선을 다 했다는 것을 나는 알고 있었고, 그동안 당신에게 무심한 것 많이 미안했고, 여러 가지로 고맙소' — 당신의 진실한 남편으로부터.

운명(運命)

　운명(運命)이란 무엇일까. 어떤 필연적인 힘, 즉 신앙의 힘이 지배하고 있는 숙명(宿命)이라고 해야 할까. 우리의 삶은 부처님의 고해(苦海)와 예수님의 원죄(原罪)로 정의되고 있으나 그것만으로 운명을 규정지을 수는 없다. 수억 수천 년을 살아오면서 인간의 운명에 대해 정의를 내릴 사람은 아무도 없기 때문이다. 정말로 우리의 삶이 수수께끼이듯이 운명이란 마법의 성처럼 영원히 풀리지 않는 요술인지도 모른다.

　나는 운명에 대해서 '운명' 앞에 감히 어떻게 표현 할 수가 없다. 누구든지 태어나서 죽음을 맞이할 때까지 자신의 운명, 즉 미래를 알고 있는 사람이 몇이나 될까. 또한 운명 앞에 얼마만큼 용감했는가. 무엇이 운명인지, 운명이 무엇인지 내 자신도 느끼지 못한 채 살고 있기 때문이다.

불가(佛家)에서는 우리의 인생을 '안(岸), 수(樹), 정(井), 등
(藤)'으로 표현하고 있다. 그 뜻은 우리 인생은 맹수에 쫓기고
있으며, 살기 위해 낭떠러지에서 겨우 등덩굴을 잡고 매달려
있다는 것이다. 위에서는 사자가 꿀물이 입으로 떨어지자 위
험함을 잊고 있다. 검은 쥐와 박쥐는 번갈아 가며 등덩굴 줄을
쏠고 있으니 이 어찌 살았다고 하랴. 나는 그림으로 풀이한 이
글귀에서 이렇게 비참한 운명을 타고난 인간을 왜 만들었을
까. 태초에 만들지 말 것이지…. 그래도 꿀물을 먹는 대목에서
희망을 가졌다. 순간이라도 꿀물을 먹는 행운이 아주 오랫동
안 지속되기를 바라는 마음 간절하다.

햇볕이 나고 밝은 날보다는 흐린 날이 더 많다는 어른들 말
씀이 이를 두고 피력함이리라. 어떤 사람이 비참한 최후를 끝
냈을 때, 또 어느 유명인이 세인의 이목을 한 몸에 받으며 고
종명(考終命)을 맞이했을 때, 그때야 비로소 나오는 말이 그게
바로 그 사람의 '운명'이지 하는 것이다.

한 동안 세간을 떠들썩하게 한 다이애나 황태자비의 비참한
최후는 세계적인 뉴스였다. 선망의 대상이었던 영국 왕실의
태자비로서 세인의 이목을 끌었던 그녀이었기에 교통사고로
짧은 생을 마감한 그 운명에 애도를 금할 수 없다. 동화 속 유
리구두의 주인공인 신데렐라가 제명대로 못살고 비운에 갈 줄

누가 알았겠는가. 나이 차가 많았던 이들 부부는 그녀의 장례
식을 치렀던 그 웨스터민스턴 사원이 결혼 행진곡을 울렸던
바로 그곳이었다. 그날의 대주교의 축사는 찰스 황태자에게
서로를 위해 최대한의 서비스를 해야 한다는 당부의 말씀이었
다. 이 수수께끼 같은 말씀이 그들의 운명을 예견했음인지도
모른다.

서로에 충실치 못했던 이들 부부는 어린 두 아들을 남겨 놓
은 채 파경에 이르고 말았다. 외로운 황태자비는 새 삶을 향해
날아야 하는 조롱 속의 자그마한 새였다. 누군가 그녀를 보호
해 줄 숲을 찾아야 했다. 그러나 세상은 그녀를 편케 놔두지
않았다. 이 세상에서 가장 재미있는 구경거리가 부부 싸움이
요 불구경이란 말이 있듯이, 남의 사생활을 그렇게도 알고 싶
었을까. 그것을 몰래 카메라로 찍어 뒷거래를 통해 이득을 취
하는 사람이 있었다니…, 그 파파라치들에게 엄중한 처벌이
내려지길 바란다. 아마도 다이애나 자신도 그렇게 생을 마감
하게 될지 전혀 모른 채 새로운 마법의 성을 향해 달렸을 것이
다.

더욱 아이러니한 것은 그녀가 살아생전에 죽기 얼마 전 테
레사 수녀와의 만남이었다. 두 여인은 그 만남에서 며칠 뒤에
일어날 자신들의 죽음을 알았을까. 그 중 젊은 미모의 여인은
매스컴에 오르내리며 살아 있는 동안의 행적에 대해 많은 봉

사를 해온 것으로 높이 평가를 받아온 점이다. 하지만 유고슬라비아 태생인 테레사 수녀의 죽음은 어느 작은 마을의 이야기 거리인양 조용하게 뉴스로 읊조렸을 뿐이었다. 곁들여 살아생전에 다이애나비와 악수하는 장면 장면이 누구에게 카메라 초점을 맞추었는지 격세지감을 느끼게 했다. 테레사 수녀가 인류에게 바친 헌신적인 봉사는 사랑이었다. 이 정신은 아무도 알아주지 않는 외로운 길이었음에도 불구하고 수녀는 도로(徒勞)의 정신을 몸소 실천하신 분이다. 자연과 순리에 순응하며 생을 마감한 그날까지 인간본연의 사랑을 베풀고 가신 자비로움에 고개 숙여진다. 비록 사후에 남아 있는 소지품이란 옷 몇 벌과 사용했던 식기가 전부였다는 그 기사는 넘어가는 석양에 빛을 발하는 낙엽처럼 내 가슴에 고요한 양심으로 붉게 물든다.

나는 어떠한가. 손해 보는 일은 하지 않으려고 바둥거리며 살고 있는 생활이 너무나 숨 가쁘다. 무언가도 모를 마법에 홀려 허겁지겁 이렇게 달려왔단 말인가. 후두둑 떨어지는 샛노란 은행잎이 노을에 물들어 그 아름다움을 만끽할 때 그 빛을 무한정 사랑하고 싶다.

봄이 오면 만화방창 꽃 피고, 어느 새 열이 치솟는 여름이 다가온다. 고통스런 더위를 인내심으로 극복하다 보면 결실

맺는 가을에 자손을 혼인시키고 경사스런 일로 어영부영 하다 보니 설한풍 몰아치는 겨울을 대비하기 위해 모든 노력을 게 을리 하지 않았다. 다시 봄을 향해 희망을 싹틔우면서.

이 자연의 순리를 잘 따르고 순응하는 사람만이 고종명을 할 것인즉, 테레사 수녀의 도로의 정신은 하늘이 자신에게 내 려 주신 운명이란 걸 알았을까. 그 정신에 감복할 뿐이다. 아 마도 그 운명은 하느님이 주신 축복 중에서도 가장 큰 수명장 수(壽命長壽)요, 고종명의 은총이었을 것이다.

나는 다이애나 황태자비의 장례식을 보며 왕실의 명예로서 그녀를 지켜 주었다는 것을 그래도 인간이 할 수 있는 도리를 다한 그들의 자존심이란 걸 알 수 있었다.

동양에서는 집 나간 며느리에게 선심공덕을 베푼 것으로 이 해를 해야 할지. 그들의 품위 유지를 위해 과장된 장례식을 치 렀나 하는 생각도 든다.

남아 있는 두 왕자와 남편 찰스 황태자의 장래가 어떨지 소 포클레스의 비극만큼이나 염려스럽다. 운명이란 '마법의 성'일 까. 그 마법에 도취되어 부단히도 노력해 왔다. 보이지도 않는 요술 성을 찾아 숲속의 잠자는 공주를 만나야겠다고 허우적거 린 내 삶이 허공인 것을 이젠 어렴풋이나마 알 것 같다.

이루어질 듯 잡힐 듯 악착같은 욕망은 내 소녀 적의 꿈으로 포장되어 온 것을…. 차라리 그 꿈이 용기였다면 나에게 내려진 행복으로 알고 오만하지 않겠다. 무지개 아롱거리는 그 밝은 동산이 이루어지지 않을지라도 내 안에 지배하고 있는 활력소였다면 운명 앞에 조용히 순응하고 싶다.

잠 못 이루는 밤

아카시아 꽃향기가 은은하게 번져오는 깊은 밤이다. 아기살 같이 보드랍기만 한 우윳빛 봉오리가 잠 못 이루는 나를 상념 (想念)속으로 유혹한다. 생각과 잠은 상극이라 했던가. 생각이 많으면 잠이 없고, 잠이 많으면 생각이 없어진다는 옛 어른들의 말이 새록새록 되살아나는 밤이다. 굳이 끄집어 낼 만 한 원인은 없지만, 퍽 여러 날 동안이나 계속되는 불면증에 시달리다보니 이젠 밤이 오는 것 자체가 두렵기만 하다. 차라리 사춘기 소녀시절의 불면증이라면 얼마나 좋을까. 아지랑이 피어 나듯 들떠 오르는 연정(?)에 묻혀 멋진 왕자님을 기다리던 신데렐라의 꿈은 그 얼마나 뜬 눈으로 지새워도 기분은 마냥 즐겁기만 했다.

봄이 한창 무르익을 때면 온 천지를 뒤덮는 버들꽃 때문에 무척 괴로웠던 때가 있었다. 그러나 그것이 바로 짝짓기를 위한 〈사랑 여행〉이라는 것을 알고 난 다음부터는 오히려 연민의 정까지 느껴 그 버들꽃을 부러워하기도 했다. 참으로 변덕스러웠던 여고생 심리라고 해야 할지.

어디 그 뿐인가. 싱그러운 초여름, 온통 아카시아 꽃향기가 코끝을 간지를 무렵이면 열아홉 살 처녀의 속살 같은 꽃망울을 헤집고 정겹게 속삭이는 꿀벌들의 밀어에 흠뻑 심취하기도 했다.

이렇듯 울렁거리는 가슴만큼이나 달콤한 미래를 꿈꾸어 온 것이 나의 결혼관이었는데, 이젠 그 잔영(殘影)조차 찾을 수 없음이 안타깝다. 물론 서양 격언에도 '좋은 결혼은 있지만, 즐거운 결혼은 없다'라는 말이 있기는 하지만, 요즘 들어 부쩍 결혼의 의미가 상실되어 버리는 것 같아 씁쓸하기만 하다.

오늘의 일만 해도 그렇다. 마치 한 겨울의 눈발처럼 나부끼던 버들꽃들도 이제는 다 안주(安住)의 잠자리로 찾아 들었는데, 겨우 저녁상을 물린 남편은 그대로 나가 버리지 않는가.

"나 분당에 가서 자고 아침에 올게" 물론 시어머니가 거기 계시니 문안 인사도 드리고 수시로 보살펴 드려야 하는 점은 충분히 알고 있다. 하지만 오늘따라 한층 더 싸늘한 냉기를 느끼게 됨은 무슨 까닭일까. 원래부터 다정다감한 남편은 아니었기에 별로 기대하는 바도 없었다. 그저 덤덤한 표정 속에서 신뢰를 읽고 내 나름으로 소박한 의지처로 삼아온 세월이었는데, 오늘밤은 영 그때 그 기분으로 돌아갈 수가 없다. 어쩌면 황량한 들판에 홀로 내팽개쳐진 가엾은 존재로 전락한 것만 같다. 그렇지 않아도 교통사고의 후유증 때문에 말로 다 표현할 수 없는 심신의 고통을 겪고 있는 터에 이제 그에게서는 따뜻한 위로의 말조차 찾을 수 없으니 말이다. 새삼 존재에 대한 회의가 밀려온다. 꿈과 희망이 스러져간 허허로운 벌판에서 고독과 절망을 씹고 있다.

달포전의 일이었다. 남편의 청에 따라 분당에 계시는 어머님을 모시고 풍납동 소재 중앙병원에서 치료를 받고 돌아오는 길이었다. 오후가 되면서 부쩍 교통량이 늘어나 서행을 하게 되었고, 서행을 하다 보니 오후의 식곤증이 밀려와 나도 모르게 꾸벅꾸벅 졸았던 모양이다. '아차!' 하는 순간 앞차와 충돌하고 말았다. 황급히 시어머니 쪽을 보았더니 "에미야! 네 얼굴에 피가…"라고 하시는 것이었다. 바짝 긴장한 나는 자신이야 어떻든 어머님만 무사하시기를 빌었다. 그러나 병원에 가서 검진을 해 보니 내 얼굴엔 가벼운 타박상 정도였고, 어머님의 오른팔은 뼈가 골절되었다는 것이다. 나는 어찌할 바를 몰랐다. 차라리 그 자리에서 내가 죽었더라면 얼마나 좋았을까 하는 부질없는 생각도 해 보았다.

급보를 받고 달려온 남편은 어머니 곁에 나란히 누워 있는 나를 보고 살아 있는 것만도 다행이라고 위로해 주었지만, 날이 갈수록 그 말은 단순한 인사치레였음을 알게 되었다. 다시 말하면 아내에 대한 사랑보다는 어머님에 대한 효심이 더 극진하다는 것을 실감하게 되었다. 여성한테서 질투심을 빼고 나면 남는 것은 목석(木石)뿐이라고 하더니, 과연 시어머니와 며느리 사이도 그런 감정의 실체를 확인하는 순간이기도 했다. 의학 용어로는 골절이라고 했지만, 사실 어머니의 부상은 오른팔 뼈에 약간 금이 갔을 정도여서 한 달쯤 지나서 깨끗하게 나으셨다.

그런데 그 당시 안면 타박상으로만 알았던 나의 부상은 오히려 그 후 목뼈와 어깨에 이상이 생겨 장기간 치료를 요하는 후유증에 시달리게 되었다. 그 후부터는 좀처럼 잠을 이루기가 어렵고, 특히 숙면을 취할 수는 도저히 없었다. 물론 내가 저지른 사고이니 미안한 마음밖에 더 할 말은 없다. 하지만 오늘 밤마저 이렇게 매정스럽게 발길을 돌리는 남편에게 나는 무엇을 더 기대한단 말인가. 휑뎅그렁해진 가슴속 한복판으로 삭풍보다 더 매서운 바람이 휩쓸고 지나간다. 세상에서 고독하다고 하는 고독 중에서 가장 으뜸가는 고독이 내 것일 줄을 그 누가 알기나 하랴.

뜬 눈으로 지새운 나는 거의 새벽녘이 되어서야 잠시 눈을 붙였다. 갑자기 갈증을 느껴 엉겁결에 주방으로 가 냉장고 문을 열었다. 바로 그때 냉장고 옆에 어떤 괴물체가 서 있는 것이 아닌가. '앗!' 하는 비명과 함께 나는 그 자리에서 의식을 잃고 말았다. 잠시 후 회복해 보니 어머니 댁에 갔던 남편이 곁에 앉아 오히려 화를 내고 있었다. '자기 남편을 보고 놀라는 마누라가 어디 있느냐. 무슨 생각에 빠져 있었기에 그토록 기절까지 하느냐'는 등 형언하기조차 어려운 말로 윽박질러 왔다. 참으로 어이없는 일이었다. 적반하장이라고 하더니, 이 말은 바로 이런 때에 어울리는 말인가 보다. 모든 잘못을 내게만 떠넘기는 버릇이 있는 남편을 어떻게 믿고 의지해야 할지 난감하기만 하다. 그러나 어찌 하겠는가. 백겁(百劫)의 시공(時空)을 통해서 짝지어진 인연이라면 이것도 다 내 전생의 업보가 아니겠는가.

잠 못 이루는 밤의 심각한 번뇌라는 것들도 따지고 보면 이 전생의 업보 속에 다 용해되어 있음을 이제야 어렴풋이나마 깨닫게 되는 것 같다. 남자는 사업에 성공해서 돈 모으는 재미로 살고, 여자는 사랑받은 날을 회상하며 추억 속에 산다는 어느 작가의 말이 새삼 내 혼란스러운 마음을 달래주고 있다. 나는 향기 없이 메마른 여인도, 고독한 여인도 되고 싶지 않다.

날이 새면 새 아침이 올 것이다. 흐드러진 아카시아 꽃이 뭉게구름으로 피어 오른 그 생동감에 취해 언제까지나 글 쓰는 여인으로 살아갈 것이다. 이렇게 마음을 가다듬고 있는 동안 어느 새 남편은 화가 풀렸는지 대단히 미안스러워 했다. 대꾸도 없이 침묵을 지키고 있는 나를 보더니 더욱 머쓱해했다.

첫 새벽의 이슬 탓일까. 반백의 머리로 우두커니 서 있는 그에게 갑자기 측은한 마음이 일렁인다. '여보, 당신 머리에 아카시아 꽃이 피었군요' 하면서, 어리둥절해 하는 그에게 애교라도 피워볼까.

5. 코스모스

장미는 어디로

눈이 동그란 아이가 있었다. 긴 머리를 하나로 바짝 동여맨 그 아이는 차이나식 칼라의 검은 블라우스와 꼭 끼는 검은 자주색 바지를 입고 다녔다. 그 아이가 내 눈에 자주 띈 것은 모습도 특이했지만, 긴 속눈썹이 움직일 때는 잠에서 깨어난 듯한 그 표정에 나는 홀딱 반해 버렸다. 나는 그 애의 얼굴을 보기 위해 옆 반을 매일같이 기웃거렸다. 그리고 말이라도 한번 붙여보려고 애를 썼다. 그러던 어느 날, 그 아이는 내게 미소를 지으며 "너, 몇 반 이니?" 하고 물었다. 기회는 이때라고 생각한 나는 얼른 내 이름을 가르쳐 주었다. "나는 3학년 5반이야! 이름은 권영재" 했더니, 그 아이는 눈을 아래로 내리 깔면서 한참 생각한 끝에 "나, 병희야" 하는 것이다. 그때부터 둘이는 친해졌고, 병희는 우리 집에 자주 놀러오게 되었다.

병희는 꽃이 많은 우리 집 마당을 이 구석 저 구석 살피며 감탄하기 시작했다. 누가 이 꽃을 가꾸느냐고 물었고, 나는 우리 엄마가 꽃을 좋아한다고 말했다. 어머니가 차려 주시는 점심을 즐겁게 먹으며 우리는 곧잘 재잘거렸다. 예를 들면, 우리 아버지는 어떻게 생기셨는지 궁금해 했고, 우리 엄마가 예쁘다는 둥, 또는 우리 집 마당에는 없는 꽃이 저희 집엔 많이 있다는 둥 하면서도 나를 저희 집에 놀러가자고 하지 않았다. 그리고는 그녀의 엄마는 장미꽃만 좋아해서 마당에는 장미꽃이 가득 피었다는 것이다. 그럴 때마다 엄마는 병희를 유심히 살피곤 하는 눈치였다. 어쨌든 나는 그녀의 집에 놀러가 보는 게 유일한 희망사항이었다. 나의 관심은 오로지 그 아이 엄마가 어떻게 생겼는지, 또는 그 애 아버지는 어떤 사람인지 그 집에 대해 많은 상상을 하게 되었다. 도대체 어떻게 생긴 집일까, 얼마나 많은 장미꽃이 피었을까, 이것이 늘 궁금했다.

햇볕이 따가운 유월. 드디어 오전반과 오후반이 없어지고, 한 반에 한 교실만 쓰게 되는 편안한 수업이 시작되었다. 도시락을 싸가지고 가서 먹는 맛이 그 어느 때보다 즐거운 시간이었다. 유월의 하늘은 바람 한 점 없는 맑은 날씨였다. 어느 날인지 기억은 없지만 개교기념일이어서 교장선생님 훈시를 듣고 일찍 끝나게 되었다. 바로 그날이 병희네 집에 가는 날이 되었다. 그 애를 따라간 동네는 영등포구에서 멀리 떨어진 도림동 쪽이었던 것 같다. 때는 1950년도 초반이었고, 아직도 그 동네는 초가집이 태반이었다. 초가집 가장자리엔 넓은 평야로서 논엔 파란 모가 솟아올라 온통 초록 물결이었다. 학교에서 그녀의 집까지 꽤나 먼 거리를 온 것 같은데, 앞서가는 병희는 지치지도 않고 강종강종 뛰어가고 있었다.

드디어 큰 대문 앞에 우뚝 선 아이는 안을 살피며 누굴 부르고 있었다. 그때 나이가 든 할아버지 한분이 나와서 나를 응시하고 있었는데, 들어가도 좋다는 따뜻한 눈길이었다. 병희는 분명히 아버지라 불렀다. 더 깜짝 놀란 일은 "엄마!" 하고 부르자마자 달려나온 아주머니는 다리를 절고 있었다. 큰 대문을 지나 뒤뜰까지는 작은 쪽문을 두 번 지났다. 그곳엔 상상도 못할 만큼 많은 장미꽃이 만발해 있었다. 시골집 뒤뜰치고는 너무나 화려한 꽃이 토담 밑에 가득했다. 화초 양귀비꽃도 눈을 현란케 했지만, 색색의 장미꽃이 그렇게 많은 정원은 처음 보았기 때문이다.

정원 옆에 있는 작은 별당 같은 집이 자기 엄마 방이라고 했다. 그 방은 화장대와 장롱이 새색시처럼 잘 꾸며져 있었다. 그러나 병희의 얼굴이 갑자기 어두워졌다. "나는 엄마가 없어, 아무도 안 가르쳐 줘" 하는 것이다. 하지만 서글픈 그 아이의 음성은 귓전 밖이었고, 우선 나는 장미꽃 한 뿌리만 얻기를 간절히 바랐던 것이다. 주위를 살피던 병희는 거의 흰색에 가까운 연분홍 장미꽃 한 뿌리를 낑낑거리며 뽑아 주었다. 몰래 훔친 것이나 다를 바 없는 그 꽃을 노트를 찢어 싸가지고 얼른 가방 속에 숨겼던 것이다. 놀러갔던 나는 놀지도 못하고 도망 나오다시피 집으로 돌아왔다. 물론 어머니는 나를 나무라시며 철쭉꽃 옆에 장미를 심으셨다. 나는 내가 한 행동에 대해 너무나 후회스러웠고, 미안했던 나는 그날 밤 꿈속에서 환청을 들었다. "영재야!" 부르는 소리에 잠을 깨고 말았는데…, 그 후 그 애 자리는 항상 비어 있었다. 여러 번이나 친구의 소식을 그 반 아이들에게 물어봤지만, 아무도 모른다고 했다.

엄마의 정성으로 장미꽃은 더운 여름을 무사히 잘 넘기고, 이듬해 그맘때쯤 연분홍 장미꽃이 아주 복스럽게 피었다. 장미는 해마다 피었고, 그 애의 소식은 망각 속에 잊어지고 말았다.

내 유년시절의 우리 집은 영등포 로터리에서 수원으로 가는 길 언덕 아래 집이었다. 나는 그 집에서 대학을 다녔고, 직장 생활을 할 때쯤엔 집이 서울로 이사하게 되었다. 그 이후 그곳을 가 본 적이 없었다. 많은 꽃들이 어디로 뿔뿔이 흩어졌는지 생각할 겨를도 없이 바쁘게 살아온 세월이었다.

며칠 전 외손녀를 데리고 구로병원에서 물리치료를 받고 구로역을 지나 지금 내가 살고 있는 서초동으로 오는 길이었다. 내가 살았던 언덕 아래 집도 그리웠지만 그 애의 집도 분명 이쪽이려니 생각하다 길을 잃었다. 유난히도 아름다운 눈을 가졌던 그 아이…, 어떤 잠재적인 힘에 이끌렸는지 핸들을 잡은 손은 어느덧 영등포 로터리 이정표를 향해 언덕을 오르고 있었다. 그러나 깨알 같은 인파 속에서 잃어버린 사람을 찾기란 쉬운 일이 아니듯이 그 동네는 빽빽이 들어서 주택과 여러 갈래의 길들이 줄지어 뻗어 있고, 그만그만한 빌딩이 숲을 이루고 있었다. 방향도 분간할 수가 없는 그 길에서 확실한 것은 내가 살았던 언덕 아래 집은 휴식공간으로 커다란 공원이 생겼다는 것이다. 녹지대로 변한 것이다.

아뿔싸! 이 사실을 왜 몰랐던고. 나를 동심의 세계로 불러들였던 연분홍 장미꽃 사건은 나를 다시 사십여 년 전 기억 속으로 밀쳐내고 있었다.

장비, 관운장의 코

태양이 밝아 온다. 진한 커피 한 잔 마시고 싶었다. 며칠 동안 코고는 소리에 시달리다 보니 뜬 눈으로 밤을 새웠다. 그래도 어제는 두어 시간 눈을 붙였는데, 별안간 큰 소리에 잠을 깼다. 친구 정희는 웬 코를 그렇게 고느냐고 책망이 심하다. 선잠이 깬 나는 웃어야 좋을지 화를 내야 될지. "얼씨구, 뭐 묻은 개가 겨 묻은 개 나무라네" 하자, 이번엔 그 친구가 어안이 벙벙하다. 몇 번의 눈 굴림을 한 뒤에야 베개를 서로 던지며 깔깔댔다. 참으로 오랜만에 가슴이 트이도록 웃어 제쳤다.

말레이시아는 무더운 날씨여서 한 잠 자고 나면 얼굴이 퉁퉁 부어오른다. 그렇지 않아도 얼굴이 떡판 같은 그녀는 두둑한 코가 더욱 커 보인다. "꼭 저팔계 같네!" 하니까, 무슨 소린지 알지 못했던 친구는 한참 생각 끝에 대꾸한다. "지 뺨 싸대

긴 무에 더 난가? 꼭 풍 맞은 얼굴처럼 빼또롬한데 뭘!"

그때부터 터져 나온 웃음과 함께 신체 부분을 열거하며 흉을 보기 시작했다. 눈코 뜰 새 없이 서로의 약점만 퍼부어도 홀가분한 여행인지라 즐겁기만 했다. 허리가 끊어지도록 웃다가 그만 기진맥진하여 침대에 쓰러졌다. 짧은 잠옷을 걸치고 서 있는 친구의 모습이 일본 스모도리 같다. 그녀의 다리는 위에서부터 발끝까지 툭 자른 나무토막이었다. 그래도 왕년엔 그 다리에 뾰족한 하이힐에 미니스커트를 입고 명동거리를 활보했던 그녀였다. 그뿐이랴, 가수가 되겠다고 어느 작곡가에게 비싼 돈 주고 사사받았지만 정희의 꿈은 이루어지지 않았다. 그러나 그 꿈은 이번 여행에서 유감없이 발휘되었다. '바탐섬'으로 향하는 버스에서 그녀는 긴 정글이 메아리치도록 박수갈채를 받았다. 성량이 풍부한 우둥퉁한 몸집에서 남편의 주름진 얼굴이 스쳐간다. 아이들이 그립다.

며칠 전 새벽, 서울을 출발할 때 공항까지 바래다 준 남편에게 거짓말을 했다. 기껏해야 친구 셋이서 떠나는 여행인데 열 명이나 간다고 속였다. 알면서 속는지 모르는 척하는 것인지 남편의 얼굴은 아무렇지 않았다. 중년을 넘어선 나이 탓도 있지만, 새삼스럽게 얼굴이 다시 보아지는 건 무슨 이유일까. 눈가에 굵게 잡힌 주름이 말해준다. '나는 여우같은 마누라와 토

끼 같은 새끼들 먹여 살리느라 이 지경이 되었는데, 너는 친구
들하고 해외여행이나 가기냐? 요 깍쟁이 같으니! 너 없는 동
안 나도 골프나 실컷 쳐야겠다' 왜 이런 생각이 드는 것일까.
그래도 미안해서 "나 매일 매일 전화할게, 자기 집에 일찍 와
있어요" 내숭을 떨어 보았다. 하지만 그는 아무렇지 않게 "잘
다녀와" 하고는 씨익 웃었다. 신청사를 성큼성큼 걸어 나가던
모습이 꽤나 오래된 것 같다.

이제 여섯 시간 후면 서울의 아침에 도착하게 된다. 네온사
인이 역류하는 '창이' 공항은 싱가폴의 문화를 한 눈에 느끼게
한다. 기다리는 동안 호텔에서 일찍 먹은 석식 때문인지 소나
기 졸음이 쏟아진다. 장비, 관운장의 코를 가졌느냐고 핀잔을
주던 친구의 말이 뇌리를 스친다. 남편과 함께 여행했을 때에
는 코 곤다는 말도 듣지 않았음을 생각하며, 서운한 생각 속에
서도 졸음에 빠져든다.

정든 곳을 떠나는 마음

떠나기 싫은 곳을 두고 가는 마음이 어떨까. 겪어보지 못한 사람은 아마도 그 마음의 깊이를 모를 것이다.

나는 두 딸과 아들을 둔 엄마로서 열심히 살아 왔다. 한 장소에서 근 삼십 년을 살았으니 옛 어른들 말씀대로 라면 터주대감이란 말도 들을 만하다. ○○동의 대모라고들 했고, 그래서 이사 가기로 결정을 내리기까지는 쉬운 일이 아니었다. 그것은 지역사회를 위해 봉사한 사람의 애착을 어찌 헤아릴 수 있겠는가….

모든 여건은 나에게 불리했다. 그러나 내 나름대로 나이에 상관없이 봉사활동이라면 무조건 마다하지 않았다. 내 나이 사십에 가까울 때 동네 어른들 말씀이 사십 불혹이란 말을 했다. 허나 그 이야기는 콧등으로 시큰둥했고, 오십이 됐을 땐 지천명이라며 오십 고개 넘기기가 힘들다는 이야기를 하며 나를 도와주는 분들도 많았다. 심지어는 정책대학원에 등록하라는 분도 있었다. 남편은 나의 활동에 대해 전혀 무관한 사람이었고, 이 사실을 알았다 해도 외조를 할 수 있는 협조자는 더욱 아니었다. 외조를 바란 건 내 욕심이었다. 나는 마음을 접고 그 어느 때 엄마들처럼 아이들에게 정성을 쏟았다. 물론 남편도 생활력이 강하기로 말하면 소문난 수완가였다. 그러나 그렇게 가정적이진 못했다. 그는 본인이 할 수 있는 일은 다하고 살아온 셈이다. 한 마디로 말해서 나에게 그렇게 후덕하지 않았다. 아이들은 장성했고, 두 딸은 결혼해서 오순도순 살고 있다. 아직 혼례를 치르지 못한 아들은 예쁜 짝꿍이 있어 곧 결혼하면 살게 될 집도 마련해 두었다.

지금도 생각해 보면, 아이들이 잘 자라주어서, 내가 바라던 평범한 엄마로서 잘 살고 있어 감사하고 있다. 나는 결혼 초부터 평탄하지 않았다. 항상 내 주변은 시부모님과 큰 시누이, 또 작은 시누이 시동생까지도 나와 어울릴 사람은 아무도 없었다. 단지 남편을 의지해야만 했다. 그러나 이 기둥이 제대로 나에겐 기대야 할 언덕이 되지 않았다. 무슨 일이든 열심히 해도 칭찬은 없었고, 고난과 가시밭길이었다. 항상 나는 외로운 겨울나무였다. 누군가 나에게 말하기를 시집살이가 세다는 말을 했다. 내 스스로가 이겨 내야겠다는 마음을 먹기까지는 오랜 시일이 걸렸다. 말하자면 기둥을 의지해야 할 마음이 사라지고 난 후 아주 강한 성격으로 다시 태어났다. 내가 살았던 고향으로 다시는 갈 수가 없음을 깨달았을 땐 나는 비장의 각오를 할 수 밖에 없었다. 말없이 조용히 그들과 대항해야 했다. 그것이 무기라고 생각했던 나는 벌써 육십이 훌쩍 넘었다. 그래도 참고 잘 견디어 냈다고 생각한다.

강을 건너 북쪽에 위치한 아담한 아파트. 이제는 이곳이 나의 공간이다. 더 이상 욕심도 없고, 또 내 주변에서 사라진 사람도 많다. 나는 한결같이 그들의 장례식에 참석해 애도의 뜻을 전했다. 마음 저변에선 아직도 풀리지 못한 응어리가 가끔씩 꿈틀거릴 때도 있다. 그것은 살아생전 나에게 입에 담지 못할 악담이나 또 오해로 빚어진 억울한 누명을 썼을 때의 일 등등이다. 술 마시고 넘어져 다리를 수술하고, 그곳에 쇠를 박아 넣고 다니는 그를 보면 조금 안쓰럽기도 하다. 어디 그뿐인가, 심장에 이상이 생겨 진찰을 받아 보니 부정맥 통증이라 대수술을 받았다. 이런 일은 젊었을 때 몸을 아끼지 않아서 생긴 병이다. 좋지 않은 일은 나에게 뒤집어씌우는 버릇은 여전하다. 모든 병이 나 때문에 생겼다고 핑계를 대는 걸 보면 아직도 반성할 기미가 보이지 않는다.

두 딸들은 이사했다는 사실을 아직도 모른다. 어쩌면 큰 딸은 혀를 끌끌 찰 것이고, 작은 딸은 속으로 왜 이렇게 됐을까 하고 마음 아파할 것이다. 아무도 내 마음을 모른다. 그렇지만 나는 다시 이모작 인생을 살기 위해 새로운 생활로 비상하고 있다. 그래도 아직까지 S 동네에 매일 가게 된다. 코앞에 강만 건너면 되니까. 되도록 아이들에게 늦게 알릴 생각이다.

방배 노인 복지관 강의를 끝내고 친구가 경영하는 옷집에 들렸다. 한참 이야기꽃을 피우는데 ○ 회장님의 전화가 왔다. 마침 교대역을 지나는 중이라며 내가 생각나는지 여전히 자상함은 변함이 없다. 시간의 여유가 없어 만나지도 못하고 모임에 간다는 말만 간단히 하고 끊었다. 한 송이 꽃과 같이 고운 음성이 한결 마음을 가볍게 해준다. 나이가 들수록 친구가 있어야 한다. 나는 다시 마음을 가다듬고 정든 곳을 떠나 새로 이사 간 동네로 가야겠다. 이제는 그 곳이 내가 안주해야 할 곳이기에….

주례사

오늘 신록의 향기가 온 누리를 뒤덮고 있는 이 복된 길일을 택하여, 신랑 차재렬 군과 신부 김승완 양의 백년가약(百年佳約)을 맺는 이 성스러운 식전에 부족한 이 사람이 주례를 맡게 된 것을 한없는 영광으로 생각하며, 아울러 이곳에 참석하여 주신 하객 여러분과 더불어 이 두 사람의 결혼을 충심으로 축하해 마지않습니다.

특히 오늘의 주인공인 신랑 재렬 군은 약 15년 전 고등학교 시절부터 나와는 각별한 인연으로 맺어진 사제지간입니다. 어머니 권영재 여사와는 수필문단에서 같이 문학 활동을 하고 있는 문우의 입장에서 교류하고 있었습니다만, 재렬 군이 대학입시를 앞두고 논술고사를 준비하고 있을 때 잠시 지도를 담당했던 인연이 오늘 날까지 이어져 내려오고 있습니다.

그때 남달리 총명하고 정의감이 강한 젊은이의 기상을 엿볼 수 있어서 무척 기대를 하고 있었는데, 어느 새 사회의 일원이 되어 이렇게 만나게 되니 실로 감개가 무량합니다. 그래서 저는 단순히 의례적이고 형식적인 주례의 입장에서가 아니라, 이처럼 집안의 어른이나 스승의 입장에서 다음과 같은 몇 마디 말씀을 특별히 당부해 두고자 합니다.

첫째로는, 지금 이 순간 뜨거운 감격 속에서 다짐한 사랑의 맹세를 영원히 지켜나가라는 것입니다.

이미 두 사람은 각기 훌륭하신 부모님의 훈도(訓導)와 또 학업을 통해 익힌 최고의 지성(知性)과 교양(敎養)을 바탕으로 스스로가 선택한 인생의 반려자를 맞이하게 되었습니다. 그러기 때문에 이제부터의 모든 책임은 그 누구에게도 미룰 수 없는 자기의 몫으로 돌아간다는 이 엄연한 사실을 잠시도 잊어서는 안 될 것입니다.

서양 속담에 '결혼이란, 권리를 반분(半分)하고 의무를 배가(倍加)하는 것'이라는 말이 있습니다. 이것은 곧 부부가 된 사람은 늘 자기의 행동을 결정하기에 앞서 곁에 있는 배우자의 입장을 생각해 보아야 한다는 것입니다. 즉 지금까지는 나 한 사람, 내 부모만을 생각하면 족했지만, 앞으로는 나와 내 곁에 있는 배우자의 부모도 동시에 생각하고 함께 효도하는 마음

자세를 가져야 한다는 뜻이기도 합니다.

그리고 사랑은 받는 것이 아니라 주는 것이며, 또한 자기의 장점(長點)을 자랑하는 것이 아니라 상대의 단점(短點)을 보완해 주는 것임을 명심하고, 서로서로 생활 속에서 구현해 나가는 사랑의 실천자가 되어 주기를 바라마지 않습니다.

물질이란 남에게 다 주어버리면 나에게 남는 것이 없지만, 사랑이란 주면 줄수록 내 마음은 더욱 풍요롭고 행복해 진다는 철리(哲理)를 잊지 말기 바랍니다.

둘째로는, 건강에 각별히 유의하라는 것입니다.

다시 말할 나위도 없이 건강은 행복의 근원입니다. 만일 우리 인간에게 건강이 없다면 행복도 사랑도, 아니 인생 그 자체도 무의미해지고 말 것입니다.

자칫 젊은이들은 패기와 의욕만이 전부인양 건강관리를 소홀히 하기 쉽습니다만, 우리가 돈도 여유 있을 때 저축할 수 있는 것처럼 건강도 젊었을 때 저축해 놓지 않으면 안 된다는 것을 늘 가슴깊이 명심해주기 바랍니다.

셋째로는 근검절약(勤儉節約)을 생활화해 나가라는 것입니다.

일찍이 독일의 시성(詩聖) 괴테는 '지갑이 가벼우면 마음이 무겁다'고 했습니다. 또한 저 유명한 이솝우화에 나오는 '개미와 베짱이'의 교훈에 비추어 보더라도 지금 우리는 그 어느 때보다 근검절약의 기풍조성이 요구되는 시점이라 하겠습니다.

하루아침에 벼락부자가 되기 위해 모래성을 쌓는 것보다는 한장 한장의 벽돌을 쌓아올리듯, 성취(成就)해 나가는 데서 얻는 기쁨과 보람은 그 무엇에도 비길 수 없는 가장 값진 보람이요, 삶의 가치라는 것을 잠시도 잊지 말기를 바랍니다.

이와 같이 오늘의 신랑 차재렬 군과 신부 김승완 양은 참된 사랑으로 몸과 마음을 가꾸면서, 근검절약하는 생활을 일관성 있게 밀고 나간다면 두 사람의 앞날에는 반드시 무한한 영광과 행복이 보장될 것임을 믿어 마지않습니다.

모름지기 사랑의 법칙에는 사랑하는 사람을 행복하게 해 주는 것 외에는 또 다른 길이 없음을 명심하기 바랍니다.

끝으로 다시 한 번 두 사람의 결혼을 마음껏 축하하며, 바쁘신 가운데서도 이처럼 성황을 이루어 주신 하객 여러분에게 혼주를 대신하여 심심한 감사를 드립니다. 감사합니다.

2010년 7월 10일(토요일)

주례 : 한국문인협회 부이사장   김병권

코스모스

부산 피난 시절 우리 집 앞마당에는 코스모스가 한창이었다. 번식력이 강한 그 꽃은 해마다 늘어나, 마당이 좁아지기 시작했다. 거기에 불만을 품었던 나는 기회가 오면 저 꽃들을 뽑아 버리기로 마음먹었다. 마루에서 밖으로 나가는 길은 아예 일자로 길이 나고 말았다. 뛰어놀던 마당이 없어진 나는 동네 아이들과 어울렸고, 자연스럽게 나보다 나이 많은 사내아이들이 소몰이하는 장소까지 쫓아다니며 놀았다. 그러다가 떼를 지어 밥을 얻으러 다니는 나병 환자들로 인해 나물바구니를 버리다시피 도망가는 언니들과 함께 잽싸게 집으로 달려온 일도 있었다.

자상하신 아버지는 그 일이 있은 후부터 집안에서만 놀게 하였다. 그 때 언니는 학교에 다닐 때여서 집에 나 혼자 있을 때가 많았다. 아버지는 코스모스를 뽑으라고 몇 번이나 말씀을 하셨으나 이루어지지 않았다.

하루는 부산 시내에 다녀오신 아버지가 서울로 떠난 친척들 이야기를 엄마한테 진지하게 말씀하셨다. 우리도 빨리 서울로 가야만 한다는 이야기로 의견은 일치했고, 그 결과 아버지께서 서울을 다녀 온 다음에, 온 가족이 고향인 서울에 같이 가자고 결정을 보았다. 아버지가 떠나간 뒤 우리 가족은 엄마가 몸을 풀 산달이 되면 늦어도 그때까지는 아버지가 오실 걸로 약속을 하였다. 그 후 나는 혼자 있을 때가 많아졌다. 심심해서 꽃을 잔뜩 따서 뿌리기도 했으나, 어른들 눈에 거슬리는 일만 했던 것 같다.

어느 날 벼르던 일을 하기로 마음을 굳혔던 나는 코스모스를 뽑기 시작했다. 단단한 땅에 뿌리를 내린 코스모스를 머리채를 휘어잡듯 잡아 제쳤지만 오히려 내가 곤두박질치듯 넘어져 무릎이 깨지고 피가 흘렀다. 아무도 없는 집에 혼자 남겨진 나는 소리쳐 울었고, 갑자기 검은 그림자가 휙 날아가는 듯한 공포감에 사로잡힌 채 정신을 잃었다. 눈을 떴을 땐 머리가 하얀 할머니가 무언가 중얼거리며 내 이마를 짚고 있었다. 나는 순간 서울에서 할머니가 오신 줄 알고 너무 반가워서 엉엉 울 수밖에 없었다. 그러나 머리를 쓰다듬어주시던 할머니는 우리 할머니가 아니었고, 아주 낯선 할머니였다. 그때까지도 집엔 아무도 없었다. 마당에 흩어진 꽃을 다 치워 주신 할머니는 코스모스 꽃으로 화관을 만들었다. "느그 어메 어데 갔노?" 하며 불덩이 같은 내 이마를 찬물로 씻겨 주었다. 그리고는 화관을 씌워주며 "이렇게 꽃처럼 예쁘게 살아라" 하고는 가셨다.

나중에 알게 됐지만 우리 마을 '담불산'에 절이 있었다. 절에서 내려온 보살님이란 말을 들었을 뿐 그 이후로는 그 할머니를 만난 적이 없었다. 엄마는 나를 데리고 인사를 하실 생각에 절을 찾아 갔지만, 이미 떠난 뒤였다. 나는 여러 날 동안 코스모스 화관을 기둥에 걸어놓고 아버지 오기만을 기다렸다. 무언가 은연중에 소원을 빌면 될 것 같은 믿음이 생긴 것인지도 모른다. 다만 코스모스 화관처럼 우리 가족은 똘똘 뭉쳐서 아버지와 함께 서울로 왔으며, 남자동생까지 생겨서 즐거운 기차 여행을 한 것으로 내 기억에 남아있다.

가을이 넘어갈 무렵 서로 마음이 통하는 문우들끼리 구리시 주민자치단체에서 가꾼, 한강 둔치에 있는 코스모스 밭에 갔다. 나는 잠시나마 살기 어려웠던 피난 시절 판잣집 앞마당 생각에 눈가는 촉촉이 젖어들고 있었다. 홀연히 그 보살 할머니 영상이 떠올랐던 것이다.

나의 잠재된 밑바탕에 정신적인 지주처럼 자리하고 있는 할머니. 나는 딸을 둘 낳고 나서 아들을 낳으려고 모든 정신력을 집중하고 있을 때 문득 그 할머니가 떠올라, 어려울 때나 힘이

들 때는 할머니에게 기도를 했다. 그렇게 태몽을 꾸어서 아들을 낳았는데…, 이런 이야기를 하면 누군들 곧이듣겠는가? 할머니와의 인연은 이렇게 이어지고 있는 것이다.

그런데 K 시인이 열심히 인물 사진을 찍고 있다. 코스모스꽃이 흐드러지게 피어 있는 꽃 속에서 독사진을 찍으란다. 사진을 찍히는 나보다 찍어 주겠다는 시인의 얼굴이 아름답게 느껴지는 건 무슨 이유일까? 꽃잎에 반사되어 보살 할머니 얼굴의 인자함이 스쳐가고 있다. 사방은 꽃들로 가득한데 같이 온 작가들도 사진 찍느라 웃음꽃이 만발하고 있다. 꽃길 사이로 아직 유치원에도 못갈 어린 아이들이 자그마한 가방을 메고 나란히 걸어가고 있다. 어쩌면 그들에게서 내 어린 날들을 스케치 하고 싶어서인가, 넋을 놓고 쳐다보며 가끔 꿈에도 나타나는 할머니는 나의 친할머니 현신인양 분간하기 어려워 잠깐 동안 명상에 잠기고 싶었다.

순진무구한 꼬마들의 행렬. 섬세하고 부드러운 잎을 차분히 드리우고 가을 햇볕을 받으며 순결한 웃음을 머금은 꽃들의 웃음이 가을 하늘에 퍼진다. 그렇게 화려하지 않았던 코스모스 화관은 나의 어린 날을 지배해 오지 않았던가. 내가 가을꽃들 속에 코스모스 화관을 쓰고 이 화려한 꽃밭에 서 있다면, 지금쯤 그 할머니도 호호백발로 변하여 꿈속에 나타날 것인

지…. 해맑은 꽃들의 향기에 취해 마냥 동심의 세계로 달리고

싶었다.

코스모스 사연

판잣집 앞마당에 코스모스가 만발했다. 언니는 해마다 코스모스를 잘 가꾸어서 우리 집 울타리는 꽃이었다. 내 주위에 살던 서울 사람들은 하나씩 둘씩 고향으로 돌아갔다. 서울로 상경한 사람들 중에는 떼돈을 벌었다는 소문도 들렸고, 아니면 부산에서 번 돈을 고향에 가서 탕진했다는 이야기도 떠돌았다. 아버지는 부산 시내에 갔다 오시면 그런 이야기를 어머니에게 들려 주셨다. 그리곤 서울 직장에 전보를 쳤지만, 아무런 회답이 없다고 전전긍긍하셨다. 그래도 어머니는 서울에 가자고 졸랐다. 드디어 아버지는 가족을 타향에 남겨 놓은 채 먼저 가서 자리를 잡아 놓고 가족을 데리러 오겠다는 약속을 하고 떠나셨다.

궁금하기 이를 데 없는 몇 달을 혼자 지낸 엄마는 산달이 가까워오자 금반지랑 금비녀를 팔았다. 태어날 아기에게 필요한 물건도 사고 먹을 식량도 준비했다. 나보다 열한 살이 위인 언니는 매일같이 죽을 끓였다. 아버지가 오실 때까지 먹고 살아야 했기 때문이다. 그때의 죽 맛은 너무 좋아서 어린 나에게도 한 그릇 주면 눈 깜짝할 사이에 먹어 치웠다. 그러나 금방 허기가 졌다. 늦가을 저녁은 왜 그리 긴지. 앞마당에는 코스모스가 배고픈 허리처럼 하늘거렸다. 괜히 심통이 터진 나는 발길로 꽃나무를 툭툭 걷어찼다. 그러다가 언니에게 들키면 혼이 나는 건 말할 것도 없거니와 매를 맞기가 일쑤였다. 그럴 때마다 엄마는 집에 없었고, 서러움이 이만저만이 아니었다. 그때의 내 나이는 일곱 살이었다.

어느 날 갑자기 군인 아저씨가 찾아왔다. 아저씨는 서울사람이었고 아버지의 소식을 전했다. 우리 가족은 고향사람 만난 것을 무척이나 반가워했다. 엄마는 피난살림에도 정성을 다해 저녁 대접을 극진히 해 주었다. 그때는 전시 직후여서 편지 왕래를 할 수가 없었다. 아저씨가 전달한 편지 내용은, 아버지는 다니던 회사에 입사하였고 서울에 있는 우리 집은 작은 아버지가 살고 있다는 것이었다. 그래서 가족을 빨리 못 데리러 온다는 내용이었다. 집을 장만하려면 조금만 더 기다리라는 말도 곁들였다.

소식을 전한 S 중사도 무척이나 안쓰러워했다. 이곳 사정이 좋지 않고 보니 그냥 지나치기도 어려웠을 것이다. 그 후로 아저씨는 우리 집에 가끔씩 쌀말을 보태 주었고, 부대에서 나오는 보급품을 갖다 주어서 우리 가족에겐 많은 보탬이 되었다. 나는 그 아저씨를 아주 좋아했다. 때로는 산골 시냇가에 가서 얼굴도 씻어 주고 재미있는 이솝우화도 들려주었다. 그러는 동안 언니는 코스모스를 한 아름 꺾어서 예쁜 종이에 곱게 싸서 건네 주었다. 그는 날이 갈수록 신임도가 높아졌다.

하루는 서울 집에 휴가 간다고 인사하러 들렀다. 그때 언니가 아버지에게 다녀오겠다고 나선 것도 당연한 일이었다. S 중사를 따라서 언니는 서울로 갔다. 엄마는 서울 가는 기차가 지나는 길목에서 언니가 무사히 탔는지 확인하고 싶었다. 그 방법은 언니가 편지를 사과에 싸서 창밖으로 던진다는 것이었다. 참으로 애절한 방법이기도 했지만, 지금 생각하면 웃음이 저절로 나온다. 모든 물자가 귀했던 전쟁 직후여서 사과에 편지를 써서 던진다는 것은 대단한 방법이었다. 시간을 맞추어 엄마는 내 손을 잡고 기차가 지나가는 동산에 올라섰다. 철도역 주변과 철길을 따라 줄지어 피어 있는 코스모스의 애잔한 모습은 목쉰 기적소리와 함께 언니의 목소리는 전혀 들리지 않았다. 기차가 지나간 뒤에 풀 섶을 이리저리 헤쳐 보았지만 사과도 편지도 보이지 않았다. 가을바람에 팔랑거리는 꽃잎파리는 언니를 떠나보낸 쓸쓸함을 더욱 짙게 했다.

열흘 뒤에 언니는 아버지와 함께 돌아왔다. 곧이어 막내 동생이 태어났다. 이듬해 우리는 고향으로 돌아왔지만, 그 청년과 언니의 만남은 서울에 와서도 계속 이어졌다. 눈치를 챈 아버지는 집안 망신시킨다며 언니를 호되게 꾸짖었다. 아버지는 아저씨가 마음에 들지 않았다. 아버지의 불호령이 떨어지자, 아저씨는 같은 부대 동료인 N 상사를 데리고 결혼 승낙을 받으러 왔다. 아버지는 군인에게 딸을 줄 수 없다고 했다. 그러자 이번에는 제대를 하고 또 찾아왔다. 그럼에도 불구하고 그가 법학도인 만큼, 고시공부에 전념하는 사람은 싫다고 했다. 지게벌이를 해도 생활력이 강한 남성이라야 된다는 것이 아버지의 지론이었다.

한동안 언니는 S 중사를 만날 수가 없었다. 전쟁으로 파괴된 한강다리를 수리하기 위해 마포강 쪽으로 놓은 고무다리가 있었다. 언니는 누굴 만날 때 나를 데리고 그 다리를 건너 다녔다. 그때까지도 언니와 아저씨는 만났던 것이다. 그렇게 사랑을 하였건만 그 시절에는 어른의 반대를 꺾기란 하늘의 별 따기였다. 눈보라가 치던 어느 날 밤 언니는 이불속에서 울고 있었다. 그가 다른 여자와 결혼을 결심했을 때 언니의 마음은 어떠했을까….

코스모스…, 사십여 년이 지난 지금에도 이 꽃을 볼 때 언니

의 순정어린 첫사랑이 흐느낀다. 수줍어하던 홍조 띤 얼굴이
그립다. 누가 그랬던가! 첫사랑은 이루어지지 않는다고. 섬세
하고 부드러운 잎을 차분히 드리우고 달빛을 받으며 서 있는
가련한 코스모스를 볼 때, 어느 소녀가 울며 떠나간 애틋한 추
억이 가슴속에 남아 있었다.

팁 문화

목화솜 같은 구름 위를 날고 있다. 옛날 신선들의 축지법처럼 '델타' 항공기가 유유히 대평원에 서사시를 펼쳐가고 있었다. 잠시 후 일본 나리타공항에 들렸다가, 두어 시간 후에 다시 미국 탑승기로 갈아타려면 면세점에서 잠깐 쇼핑도 할 수 있는 시간이 있었다. 자그마한 선물로 서로의 마음을 나누어 갖는 것도 큰 기쁨이라 할 수 있다. 남는 시간에 일본의 우동 맛을 보기 위해 수필가 대여섯 명과 같이했던 우동 맛은 역시 무언가 특별한 전통적인 맛이 있음을 느꼈다.

일본인들은 조상 때부터 국물의 맛을 전수받아, 대물림의 정신으로 맛을 내는 효과가 있다고 생각한다. 아들이 동경대를 나와도 아버지의 우동 가게를 물려받아 전수하는 것이 그들만의 독특한 장인정신이라 할 수 있겠다.

우동 한 그릇에 우리들은 마음껏 웃어가며 다시 델타항공기 172호에 몸을 싣고 뉴욕에 있는 케네디공항으로 장장 열 시간이 넘도록 학(鶴)의 등을 타고 날아온 셈이다. 그러나 입국 절차는 너무 까다로워서 어려운 관문을 통과하는 기분이었다. 엄지손가락을 감식기에 먼저 대고 그 다음엔 나머지 네 개의 손가락을 또 입력하는 것이다. 물론 다른 사람도 다 그렇게 하고 패스포드에 있는 사진과 인물을 확인하는 것이지만, 얼마나 오래 걸렸던지 같이 간 일행들이 뿔뿔이 흩어지기까지 했다.

버스를 타고 드디어 뉴욕시가지 애비뉴 5번가로 들어섰다. 센트럴파크 공원을 끼고돌며 메트로폴리탄, 엠파이어빌딩의 전망대 관광을 끝내고 한인 타운으로 갔다. 우리 일행은 차 안에서 한복으로 갈아입고 한인 타운에서 수필 낭송을 하며 한인들과의 문화교류와 서로의 친목을 도모했다. 그리고는 메리오트호텔에서 사흘 동안 여장을 풀기로 했다.

아침 모닝콜이 울림과 동시에 부지런히 베개 밑에 1달러의 지폐를 놓고 호텔 주변을 산책한 다음 식당에 갔다. 또 저녁에는 자기 전에 가볍게 호텔 주변을 산보하기도 했으며, 상점이나 슈퍼에 맥주라도 살까 하고 가 보았다. 그러나 저녁 9시만 되면 모든 상점이 문을 닫는다는 걸 몰랐던 것이다. 혹여 문이 열린 상점이라도 음료수 외엔 팔지 않았다. 이 나라는 이렇게 준법성이 철저히 지켜지고 있었다.

둘째 날은 포에츠댄 극장에서 한인들과의 토론이 있을 예정이었다. 물론 어제 입은 한복을 다시 입어야 했다. 아마도 내 집안 행사였다면 입지 않았을 것이다. 입기엔 불편하지만 입고나면 아름다운 것이 한복이라고 누가 말했던가. 뉴저지주에서 코네티컷주로 이동하는 동안 나는 줄곧 팁에 대해 생각하기 시작했다. 매일같이 1달러를 놓아야 된다고 어느 작가가 읊조린다. 이 나라는 어째서 팁에 대해 이렇게 철저할 수가 있는가. 나는 잊지 않고 매일 놓기로 마음먹었다. 무슨 봉변이라도 당할까 걱정스러워 문우에게 넉넉히 1달러짜리를 바꿔 놓았던 것을 잘 했다고 생각했다.

그러나 일은 뜻하지 않은 곳에서 일어나고 말았다. 토론회를 잘 끝내고 J 교수님의 인사말씀 중에서 '보이는 것은 보이지 않는 것에 닿아 있고, 들리는 것은 들리지 않는 것에 닿아 있고, 생각나는 것은 생각나지 않는 것에 닿아 있다'라고, 독일의 낭만파 시인 노발리스의 말을 인용하신 문구에 두 눈이 훤해짐을 느꼈다. 즉 '보이는 것, 들리는 것, 생각나는 것을 글로 쓴다면 누구나 할 수 있는 일이고 평범하다. 문학적 사고나 표현은 보이는 것, 들리는 것을 그대로 그려내는 것이 아닌, 보이지 않는 것과 들리지 않는 것을 보고 들을 줄 알아야 한다. 마음의 눈과 마음의 귀를 가져야만 보이지 않는 것과 들리지 않는 것을 보고 들을 수 있다'고 하신 교수님 말씀이 더없이 나를 흥분케 했다. 왜 이걸 몰랐을까. 3차원 4차원의 방정식 같은 풀이는 나 혼자만의 능력으로 달관의 경지에 도달해야 한다는 것을 깨달았다.

바로 두 번째가 내 차례였다. 이미 토론회가 있기 전 어느 교포 사업가 한 분이 나에게 질문을 했었다. 그 분은 한인 타운에서 만난 K 씨였다. 여기에 온 목적이 무어냐고 묻기에 내 마음을 살짝 표현했을 뿐이었다. 그런데 그 이야기가 질문이 될 줄 몰랐다. 나는 같은 말을 "미국의 경제는 세계의 40%를 움직이고 있다. 물론 우리나라보다 선진국이니만큼 더욱 편리한 생활이겠지만, 동포 2세, 3세들에게 대한민국의 전통과 역사를 알려주는 게 나의 목적이다. 앞으로 세계 각국의 어린이들에게 뿌리를 일깨워 주는 것 또한 나의 소망이다"라고 말했다. 그런데 그분이 토론장에 와서 그 이야기를 듣고 있는 걸 보았다. 이틀씩 시간을 할애해 준 것에 깊은 감사를 드린다. 그리고 내 책을 못 보았다고 한 권 달라고 한다.

그날 나는 몹시 마음이 들떠 있었다. 여장을 풀고 코트야드 (메리오트 호텔)에서 룸메이트와 옆방의 문우가 갖고 온 글을 보고 눈물이 핑 돌았다. 그 사이 Y문화원에서 같이 이번 행사에 참여한 P 씨가 찾아와, 호텔 뒤쪽으로 바람을 쏘이러 나갔던 것이다. 밤거리는 어두웠고, 아주 멀리 있는 곳에서 불빛이

나무숲 사이로 일렁거렸다. 둘이는 마음을 합심하여 맥주를 사러 갔던 것이다. 몇 번째 길을 건넜는지 생각이 나지 않았다.

역시 맥주는 없었고, 음료수만 있었다. 방향을 완전히 잃어버리고 말았다. 어린아이들이 이래서 길을 잃어버리는구나 하고 느꼈을 땐 이미 공포감으로 떨고 있었다. 가까운 주유소에 가서 서투른 영어로 메리오트호텔을 물으니 전혀 모른다고 한다. 한 시간 이상을 헤맨 상태라 거의 탈진해 있었다. 때마침 주유소로 기름을 주유하러 온 차 속에 여자 운전자가 타고 있었다. 급할수록 평소에 쓰지 않던 단어가 생각나기 마련이다. 경찰 아저씨를 불러 달라고 도움을 청했다. 경찰차를 타고 호텔로 오기까지는 정말로 긴박한 상황이었다. 안에선 도저히 열리지 않는 문을 친절하게 밖에서 열어주는 미국 경찰이 그렇게 고마울 수가 없었다. 고맙다는 인사를 여러 번 했고, 호텔로 들어온 뒤 '아뿔싸!' 팁을 주지 않은 걸 후회했다.

당연히 고마움을 팁으로 인사를 했어야 마땅했다. 무슨 007 작전을 겪은 양 우리 둘을 보고 흑인 여자는 궁금해 한다. 대강 떠듬거리며 사실 이야기를 했더니, 큰 소리로 웃기 시작하는 것이다. 팁은 주지 않는 거라고 말하면서 오늘따라 호텔 표시등을 껐다는 것이다. 그리고 그제야 스위치를 올리는 게 아

닌가. 복도의 등을 전부 켜 주었다. 화도 났지만 '팁 받을 사람
은 따로 있었구나' 하는 마음으로 와인 두 잔을 팔아주고는 안
도의 한숨을 쉬며 각자의 룸으로 갈 수 있었다.

향기로운 여자

봄의 물결이 일고 있었다. 나부끼는 스카프의 색깔에서부터 밝은 연두색, 화려한 노란색, 고상한 베이지색, 포근한 어린 아기 때의 추억을 되살려 주는 연분홍색 등이 주로 봄 색깔이다. 그래서인지 봄만 되면 동심의 세계로 돌아가고 싶고, 무언가 호기심이 발돋움하는 계절이다.

드디어 내가 좋아하는 노란색 자켓에다 검정색 비로드 바지를 입고, 검정색 백, 검정 구두를 신고 나섰다. 화사하기 이를 데 없는 색깔을 걸치고 봄의 전령처럼 거리를 활보했다. 며칠 전부터 여러 통의 전화가 걸려온 그 곳을 가보기 위해서다. 그 곳은 친구가 경영하는 드레스 숍이었다. 처녀 때부터 의상실을 해오던 그 친구는 이제는 제법 번창해서 유명메이커 옷을 다루고 있었다. 반갑게 맞이하는 친구의 얼굴은 내 옷을 보자

감탄사가 떠날 줄 몰랐다. 그 친구도 분위기에 맞게 빨간 자켓과 검은색 스커트가 잘 어울리게 입고 있었다. 학교 때부터 그녀는 말도 잘했고, 나보다 월등했다. 그동안 장사 수완도 늘었고, 그리 비싸지 않은 가격으로 주부들을 상대해서 제법 경영인의 면모도 보였다. 세련된 언어와 동작으로 사람을 감동시키는 재주도 있었다. 무슨 일인지 이 친구 앞에만 서면 나는 늘 주눅이 들고, 숙달된 조교처럼 그녀를 도와 주게 되는 것이다.

그날도 그녀는 이 사업을 같이 하자고 졸랐다. 나에게 백퍼센트 대우를 해주겠다고 한다. 마침 학원을 운영하다가 쉬고 있는 때여서 시간 보내기에 좋고 돈도 벌어보겠다는 욕심이 발동했다. 그 동안 끊임없이 사회활동을 해 온 나는 어떤 일을 하거나 사업성만 있으면 손발이 맞게 함께 움직이는 친구가 몇 명 있었다. 그들과 상의 끝에 쾌히 승낙을 했다. 즉 옷을 팔아야 하는 주부 아르바이트 사원이 된 것이다. 우리들 넷은 모여 앉아 이런 이야기를 했다. 옷이란 있어도 또 사는 것, 여성에게 있어 옷이란 날개와 같은 것이다. 공부는 못했어도 색깔을 맞춰 입을 줄 알면 감각이 있는 여자요, IQ는 조금 낮아도 감성지수가 높은 여성은 세련되게 옷을 입을 줄 안다는 게 우리의 지론이었다.

IQ보다 EQ가 더 요구되는 센스가 필요한 곳이 직장이기 때문이다. 요즘 직장 여성들은 너무 남성화 되어 가는 경향이 있다. 청바지에 자켓만 입기보다는 계절에 맞게 옷을 입음으로서 여성스러움이 돋보이기를 바라는 마음이다. 여권신장도 좋지만, 직장의 꽃으로서의 역할도 하는, 향기를 지닌 여성이었으면 좋겠다. 이런 여성 심리를 우리들 넷은 잡담 아닌 정의를 내린 끝에 각자 옷 한 벌씩 해 입고, 매상을 올렸다. 어떻게 생각하면 누이 좋고 매부 좋은 격이고, 또 어떻게 생각하면 '장님이 제 닭을 잡아먹고, 이웃집 닭을 잡아먹은 착각'을 하듯이 일종의 자기만족을 한 것이다. 어쨌든 분위기에 어울린 옷을 입은 우리들은 새로운 장사이니만큼 호기심이 일 수 밖에 없었다.

드디어 아르바이트는 시작되었고, 넷이 힘을 모아 열심히 매출을 올린 결과 판매액은 기천만 원에 이르렀다. 그 중 우두머리격인 나는 이익을 잘 분배하기에 골머리를 써야 했다. 그런데 문제가 생기고 말았다. 우리들 넷 중 판매액이 가장 많은 P는 나와 상의도 없이 일찌감치 사장격인 내 친구 K에게 뒷거래를 했던 것이다. 그 결과 무리에서 이탈한 P는 많은 이득을 챙겼고, 우리 셋은 그 나머지를 나누어 가졌다. 이득을 챙기기보다는 팀웍을 중요시 여긴 나는 내게 돌아온 몫까지 똑같이 나누었다.

눈앞의 이득에 그렇게 추하게 늙어 갈 수야 있겠는가. 한 가지를 보면 열 가지를 안다고 톡하면 다른 부서에서 여자들과 귓속말을 주고받던 P는 나를 그렇게 배반했다. 돈은 잃어도 사람을 놓치지 않는 것이 내 신조였으므로, 이익 배당금에 그리 영악스럽지 못했다. 또한 팀웍을 이룬 친구들에게 의무를 다해야 할 책임도 있었던 것이다. 그들은 언제나 변함없이 가까운 내 친구들로서, 긍정적인 사고를 가진 내 이웃이었기 때문이다. 한 달이 조금 지난 뒤에 우리들의 아르바이트는 끝을 내고 말았다. 그리고 모두들 또 좋은 일이 있으면 연락을 기다리겠다며 즐겁게 헤어졌다. 말로 한 약속도 계약은 계약인데, 상사에게 아부하는 사람 때문에 균형이 깨져버린 것이다. 모든 사회구성원이 불균형을 이룬 조직이라면 이 세상은 어떻게 될 것인가. 아마도 희망이 없는 미래가 될 것이다. 오늘의 사회는 능력 위주의 경쟁이 치열한 시대라고들 말한다. 정삼각형으로 이루어진 안정된 삼각형의 조직으로 잘 이끌어 가길 바랄 뿐이다. 역삼각형으로 이루어진 조직은 쉽게 무너지기 때문이다.

얼마 후, K에게서 전화가 또 왔다. P의 험담을 하며 사과를 하고 있었다. 어떠한 고상한 말로도 그 친구를 응수할 말이 떠오르지 않던 나는 "나는 향기로운 여자로 남고 싶어" 그 다음은 듣지 않고 끊었다.

　아직도 봄은 내게서 멀어지지 않았다. 나는 노란 자켓을 입고 검정 비로드 바지대신 그냥 검정색 바지로 갈아입었다. 목에 노란색 스카프를 감고 봄이 무르익는 거리, 꽃향기 속으로 걸어갔다.

향기

책에는 향기가 있다. 그것은 얼음처럼 차가워진 가슴을 훈훈하게 녹여주는 감동의 향기다. 프랑스의 인상파 화가 르노아르 작품엔 '책 읽는 여인'이 있다. 그 그림을 보고 있노라면 여인의 우아함과 지성과 품격 높은 아름다움이 은은한 향기로 다가온다. 이렇듯 책은 우리에게 많은 깨달음과 영혼을 맑게 하는 스승이기도 한 것이다.

나는 어렸을 때부터 책을 많이 읽었다. 김종래, 조흔파 선생의 소설과 만화 등이 기억 속에 남아 있다. 그 당시 어린이 잡지인 '새벗'이나 '학원'에 나오는 연재소설에 심취하였고, 밤늦게까지 얄개전을 읽으면서 공상의 날개를 펴기도 했다. 특히 '도깨비감투'를 쓰고 잘못을 저지르는 사람을 골탕 먹이거나 혼내주는 내용은 아주 멋지고 통쾌하기까지 했다. 겨울밤엔 책 읽기에 빠져 화장실 가는 것도 종종 잊은 적이 있다. 그때마다 무서움을 달래기 위해 '도깨비감투'를 생각해 냈다. 마치 내가 도깨비감투를 쓴 양, 큰 기침을 하며 머플러를 머리에 휘감은 채 눈만 빠끔히 내놓고 용변을 보았다. 감투만 쓰면 투명 인간이 되어 눈에 보이지 않는 사람이 된다는 것을 믿었던 것일까. 얼마나 감명을 받았으면 초등학교 시절 선생님이 장래희망에 대해 쓰라고 했을 때, 나는 서슴없이 '귀신이 될래요. 그래서 나쁜 사람을 혼내 줄래요'라고 썼겠는가. 선생님이 발표해 주시는 바람에 우리 반 아이들은 책상을 치며 깔깔대고 웃었던 일이 어제 일처럼 회상된다.

어른이 된 지금도 나는 만화책을 좋아한다. 큰 딸이 어렸을 때 열 권이 넘는 만화책을 빌려 온 일이 있다. 나는 아이가 학교 간 뒤에 무아지경에 빠질 정도로 열심히 읽었다. 밖에는 여름비가 주룩주룩 내리고 있었는데, 그만 우산을 가지고 마중 나가는 것도 잊어버렸다. 딸의 불평은 이만저만이 아니었다. "내 친구 엄마들은 학교까지 와서 우산을 들고 기다리는데, 우리 엄마만 없어!"라고 울먹거렸다. 나는 아이를 달래느라 '투탕카맨'이라는 이집트 왕자 이야기를 신나게 해 주었다. 그랬더니 아이는 연신 눈물을 훔치면서도 무척 재미있어 했다. 요즘엔 유명한 문학 전집도 만화책으로 나와서 초등학교 학생들에게 널리 읽히고 있다는데, 아마 이해도 훨씬 빠를 것으로 여겨진다.

　얼마 전 구청 주선으로 '해외 동포에게 책 보내기' 운동을
전개한 일이 있다. 각 동 대표들이 적극적으로 협력하여 무려
만 권이 넘는 책을 모아 보냈던 것이다. 이 운동은 해외 동포
에게 모국에 대한 그리움을 달래면서 민족전통과 민족정신을
일깨워 주기 위한 것이라고 했다. 아울러 우리글을 모르는 2
세, 3세 동포 어린이들에게는 책을 통해 우리의 문화와 역사
를 전수시킨다는 것이어서 나름대로 큰 의미를 지닌 행사였
다. 또 한편으로는 경제적인 어려움 때문에 책을 구입하지 못
하는 산간벽지의 아이들과, 읽고 싶은 책을 자유롭게 접하지
못하는 교도소 재소자들에게도 보내주었더니 여간 좋아하는
것이 아니었다는 말을 들었다. 작은 정성에 큰 보람이라고나
할까….

　옛 선비들은 춘하추동 계절을 초월하여 독서삼매경에 빠졌
다고 하는데, 나는 요새 통 책 읽을 기회를 갖지 못해 안타깝
기만 하다. 삶의 굴레라는 것이 이토록 자신을 옭아맬 줄은 미
처 몰랐다. 가끔 복잡한 지하철 안에서도 독서하는 사람들을
보면 얼마나 아름답던지…. 대형서점에 가보면 아이들이 문학
전집 코너에 모여 앉아 책 읽는 광경을 쉽사리 접할 수 있는

데, 이는 말 그대로 한 폭의 그림과도 같다. 이럴 때면 저절로 시를 읽고 싶은 충동에 사로잡힌다. 멀리 기차 여행을 하면서 신록이 무르익어 가는 창가에 앉아 명시를 감상하는 맛은 얼마나 좋을까.

저 '르노아르'의 그림 속에 나오는 독서하는 여인처럼. 내면에서 묻어 나오는 인격의 향기가 책을 통해 은은하게 발산되기를 소망해 본다.

6. 하나로 뭉치기까지는

후(WHO)

　아침 TV에 '성덕 바우만' 군이 나왔다. 바우만 군은 네 살 때 한국을 떠나 미네소타 주에 있는 푸른 눈의 미국인 양부모에게 입양되었다. 요즘엔 심심찮게 해외로 입양된 고아들이 잘 자라서 생모를 찾는 이야기가 많다. 울고 보채던 어린 시절이 언제였느냐는 듯이 클 때까지는 말 못하는 어린 양들의 슬픈 사연도 종종 화제 거리가 되고 있다. 내 집도 아닌 낯설고 물선 곳에 적응하느라 표현도 제대로 못하는 가슴앓이를 생각해 본 일이 있는가?

　얼마 전 백혈병에 걸려 있는 성덕 바우만 군의 구명 운동이 있었다. 드디어 신문과 TV에 대대적인 방영으로 같은 염색체를 갖고 있는 사람을 찾았다는 뉴스를 듣고 안도의 한숨을 쉬었다. 그는 기자회견에서 자신을 낳아준 어머니를 어떻게 생각하느냐는 질문에 "그 분도 나와 같이 많이 힘들 겁니다"라고 대답했다. 어머니가 가장 그리웠을 때가 언제였느냐고 묻자, "지난 이십 년 내 내 엄마가 많이 보고 싶었습니다"라는 그의 말을 듣고 그만 가슴이 북받쳐 올랐다. 지금은 어엿한 청년이 된 모습을 어머니가 볼 수 있다면 얼마나 좋을까 하는 생각이다. 그래도 어머니를 꼭 찾고 말겠다는 그의 결심이 대견스럽다. 자신의 건강 상태가 안 좋은 것은 가장 최악의 경우이지만, 끝내 이겨 내야겠다는 결심이다. 이것은 우리 민족만이 가질 수 있는 자존심이요, 고통 속에서도 참고 견딜 수 있는 끈기와 인내심 바로 그것이다.

우리는 단일민족으로 동방예의지국이라는 애칭을 들을 정도로 전통을 자랑하는 나라다. 하지만 해외로 입양되는 어린 아이가 날로 증가하고 있다는 사실 앞에 우리는 그저 어안이 벙벙할 따름이다. 세계에서 으뜸가는 아기 수출국이라는 지적까지 받고 있는 형편이니, 전통문화를 운운하기 이전에 고질화된 가족 이기주의를 지적하지 않을 수 없다. 정말로 그 아기들의 부모는 누구일까?

미국의 '루리' 만화가는 한국인을 그의 만화 속에서 갓을 쓰고 담뱃대를 길게 물고 있는 점잖은 선비, 즉 '양반'으로 그렸다. 그리곤 일본 사람은 짧은 팬티에 발가락이 나온 게다짝을 신고 짧은 상투에 낚싯대 구럭을 메고 있는 형상으로 그렸었다. 이것은 두 나라 문화를 비교할 때 한국인을 높이 평가하고 있음이다. 그러나 이와 관계없이 아기들이 입양되는 숫자는 일본보다 해마다 높다고 한다. 말할 것도 없이 문화 이전에 단일민족 형태로 구성된 대가족제도에서 소가족 중심으로 이루어진 핵가족이 빚어내는 포용력의 빈곤이 아닐까? 혈족 관계가 아니면 대를 잇는데 문제가 생길 것이며, 세습적인 제도 하에서 여러 가지로 파생되는 재산권의 분배도 염려하는 문제 중의 하나였을 것이다. 또한 양반과 상인의 차별적인 신분제도가, 타성 받이가 발붙일 수 없는 배타적 가족관을 부추기기도 했다. 사촌이 땅을 사면 배가 아프다는 그 인습과 편견이, 내 자식보다 남의 자식이 잘되면 어쩌지…, 하는 이기심과 또한 감당할 수 없는 경제력도 이를 수용할 수 없는 이유 중의 하나인지도 모른다.

나날이 치열하게 도를 더해가는 경쟁시대에서 자식이 운 좋게 잘 풀리면 '농사 중에 자식 농사가 제일'이라고 자랑한다. 하물며 피부 빛도 다른 남의 나라 아이를 그것도 동양의 고아를 자기 자식처럼 길러주는 파란 눈의 그들은 어떤 사람일까?

지난겨울 호주 여행을 즐겁게 끝마치고 돌아오는 길이었다. 공항에서부터 줄곧 질서 있게 움직이는 한국 아이들을 보았다. 그들은 파란 눈의 호주 아주머니와 함께 기내에서 내 옆자리에 나란히 앉았다. 착석을 한 뒤 아이들은 저희끼리 웃고 떠들며 장난이 심했다. 눈이 파란 부인이 동그랗게 눈을 뜨자, 갑자기 조용해졌다. 분위기를 알아챈 나는 슬며시 내 옆자리의 아이에게 "너희 어머니시니?" 하고 묻자, 아이는 대답이 없었다. 생각 끝에 "Is she your mother?" 했더니, 고개를 끄덕거렸다. 모국어를 모르는 것이 당연했다. 동양 아이를 다섯 명씩이나 맡아 키우는 그들 마음은 파란 것일까, 하얀 것일까? 관광 갔다 오는 내 마음은 수치심으로 붉게 물들었다. 뽐낼 일도 없고 자랑할 일도 없지만, 웬일인지 파란 눈과 마주칠까 두려워 잽싸게 눈을 감고 말았다.

우연히 생활정보 안내 책을 폈을 때, 어떤 스님이 '프랑스로 입양된 아기 이야기'를 짤막하게 쓴 글이 있었다. 주제는 "내 나라 내 땅에서 자라는 식물도 자주 옮기면 뿌리를 내릴 때까지 몸살을 앓고 심지어는 노랗게 지실이 드는데, 피부 빛도 다른 인종과 땅내음 조차 다른 곳으로 살러 간 고아들이 어떻게 적응하겠는가?"였고, 소개한 이야기는 이렇다.

하루는 프랑스로 유학 간 한국 학생에게 아르바이트(베이비시터) 자리를 주겠다고 전화가 왔다. 유학생은 그 집에 가서 보니 생후 6개월 된 여자 아기였다. 아기는 프랑스로 입양된 한국의 아기였다. 양부모가 아무리 달래도 아기는 울기만 했다. 난처해하는 그들 부부를 위로한 다음, 유학생은 아기를 꼭 끌어안고 달랬다. "자장~ 자장~ 우리 아기 잘도 잔다. 자장~ 자장~". 아기는 고개를 반짝 쳐들고 유학생의 얼굴을 살펴보더라는 것이다. 아기를 잘 달래주는 것을 본 두 내외는 자주 와달라고 간곡히 부탁을 하더란다. 아기는 생후 3~4개월이 지나면서부터 엄마의 얼굴을 감지한다고 한다.

"스님, 이럴 땐 어떻게 해야 좋습니까? 저는 미칠 것 같습니다!"라고…. 유학생이 통탄하며 스님께 한 이야기였다.

네 살배기 성덕 군이 '미네소타' 공항에 도착했을 땐 코흘리개 철부지였다. 눈에 넣어도 아프지 않을 만큼 귀여운 아들을 남에게 주었을 땐 많은 사연이 있었을 것이다. 지금 그에게 필요한 건 백혈병 유전인자를 찾는 것이 무엇보다 소중한 일이다. 그래도 이 세상에 모정보다 더 강한 만병통치가 어디 있을까마는 그 어머니는 누구이며 어디에 있는 것일까?

하나로 뭉치기까지는

하얀 눈발이 날리는 아침이다. 매일같이 신작로를 누비며 보따리를 걸머진 사람들이 지나간다. 그들은 나처럼 어린 나이의 계집아이들도 있고, 오빠 같은 키가 큰 아이들도 있었다. 한 가족을 이룬 피난민들은 서울사람이 아니었다. 우리가 서울에서 남쪽으로 피난 갔던 것처럼 그들도 북쪽에서 전쟁을 피해 서울로 내려온 이북사람이었다. 그들에겐 서울이 안주할 수 있는 고향이 아닌 타향이었다. 어릴 때 겪었던 두 번의 전쟁은 지금도 잊어지지 않는 한 토막의 파노라마이다.

6월의 서울 새벽은 폭음과 천둥으로 아수라장이었다. 한강 다리의 폭파로 많은 사람들은 혼이 빠졌다. 피난이라기보다는 살기위한 도망이었다. 초하의 땡볕 아래 우리는 아버지의 고향 충남 당진으로 갔다. 불같은 더위를 참는 것도 힘든 일인데, 아버지는 숨어 다니느라 고생이 많으셨다. 그것은 우리 가족이 경찰관 집안이었다는 것 때문이었다.

당진은 옛날 당나라 때부터 교역을 하던 나루터였다. 당나라 군인이 진을 치고 있었던 곳으로 그 고장이 당진이 되었다고 한다. 그런 연유에서인지 일찍부터 바닷길이 트여 군인들보다 빨치산이 먼저 들어와 있었다. 서울을 떠나온 우리 가족은 호랑이 굴로 들어온 격이었다.

다행이도 집안 어른들이 곳곳에서 아버지를 숨겨 주었다. 식량이 부족했던 그 시절은 보리쌀도 얻기 힘들었다. 그래도 달이 뜨는 밤이면 동산에 올라 아이들이 들고 나오는 감자를 나누어 먹기도 했다. 밤하늘을 벌겋게 물들이는 천둥소리는 서해 바다에서 인천 항구를 향해 쏘아 올리는 아군의 함포사격이었다.

두 아들을 자진해서 의용군으로 내보낸 기덕 할머니는 혀를 차곤 했다. 그리곤 나를 노려보며 "느 아버이 어디 갔니?" 하며 심상찮게 묻곤 했다. 그러면서도 "느네 집은 이제 서울 가면 좋겠다"라고 중얼거리며 땅이 꺼지게 한숨을 내쉬었다. 어린 마음에도 나는 그 할머니가 아들 때문에 그러는 것이려니 생각했지만, 어느 때 부터인지 우리 집을 감시하고 있음을 알게 됐다.

어느 보름달이 휘영청 밝은 밤에 누군가 우리 집엘 찾아왔

다. 마지막 붉은 명단에 아버지와 교장선생님이 올라 있으니
빨리 피하라고 일러준다. 그 사람 뒤를 좇아 급히 피신한 아버
지를 그 후로 볼 수가 없었다. 그러나 새벽녘이면 누가 잡아왔
는지 지박데기가 담겨 있는 구럭이 문 앞에 즐비하게 놓여 있
었다. 그 비릿한 냄새는 간기가 낀 짠 바람과 함께 아버지가
먹을 것을 구해 놓느라 급하게 다녀가신 표시였다. 어느 날 밤
새도록 짖던 개 소리가 그칠 무렵, 초롱불도 없는 캄캄한 새벽
에 도란도란 들리는 정다운 아버지의 음성에 잠을 깼다. 안질
까지 앓고 있었던 나는 눈곱이 딱 달라붙어 아버지를 볼 수가
없어 안타까워했다. 허기진 듯 거칠고 뻣뻣한 손바닥으로 두
뺨을 도닥거려 주시며, 아침에 일찍 일어나 소금물로 눈을 닦
으라고 일러 주신다. 커다란 손을 잡고 훌쩍훌쩍 울고 나면 어
느 새 아버지는 떠나시고 난 후였다.

이렇게 몇 달을 힘들게 보낸 우리는 마침내 고향인 서울에
돌아왔다. 그 이듬해 1.4후퇴가 있기까지 몇 달 동안, 내 어린
시절 동심의 세계는 그런 대로 무르익어 갔다. 허기진 배는 하
얀 쌀밥을 마냥 먹어도 배가 부르지 않았다. 그러나 배부른 포
만감이 채 가시기도 전에 눈발 날리는 겨울 썰렁한 아침을 시
작으로 부산에서의 두 번째 피난 생활이 이어졌다. 생소한 사
투리와 북쪽 사람들의 된 발음은 언어를 통해 일찍부터 고향

을 감지할 수 있는 분별력이 생겼다. 부산에서 보낸 학창시절의 학교는 이북 아이들과 서울 아이들의 집합 장소였다. 서로 어울리지 못해 싸움이 붙기 마련이었다. 힘이 센 순서로 말하면 '첫째 가다' '둘째 가다' '셋째 가다'까지 있었다. 그랬던 그들이 오십여 년이 지난 지금은 전부 서울사람이 되었다. 그들의 부모님들은 6.25사변으로 인한 동족간의 상흔을 서로 달래며 만나지 못한 가족을 목 메이게 부르며 살아온 세월이기도 하다.

아마도 서기 2008년이 지나면 이산가족으로 얼룩진 부모님들은 이 세상에 안 계실지도 모른다. 자연적인 세대교체로 우리는 과거를 잊어버린 채 머지않아 북한을 통합할 것이다. 서독은 동독을 민족 간의 동질성을 외치며 경제적인 통합을 하였다. 지금도 많은 문제가 되고 있는 것은 민족 간의 서로 다른 이면 속에서의 생활이 동질성 이전에 수준의 차이라는 것이다. 풍요롭지 못한 억매임의 생활은 서독 사람들과 어울리지 못하는 동독사람들의 자존심을 빈곤하게 만들기 때문이다. 이것은 풍요로운 서독인들의 생활에 적응을 못하는 동독인의 이질감 때문인 것이다.

50여 년 전, 나는 부산에서 겪었던 본바닥 아이들의 텃세를 잊을 수가 없다. 얼마 전 사회적으로 물의를 일으켰던 지존파는 지탄을 받는 조직의 말로였다. 오늘의 북한은 이와 같은 계열의 조직이 아닐는지. 앞으로 통일이 된다면 자유로운 우리의 삶에 북한 동포가 느끼는 인간 본연의 자존심은 어떤 것일까. 생각건대, 동독인들 못지않은 이질감일 것이다. 같은 민족이면서 하나가 될 수 없는 몸과 마음은 또 다른 애달픈 민족사로 이어질까 걱정된다.

하얀 꽃 (1)

　진초록의 물결로 출렁대는 산야가 수려하다. 젊은 넋이 충절로 지켜온 민통선은 그날의 격전일랑 아예 잃어버린 듯 이름 모를 초목들의 안무(按舞)로 장관을 이루고 있다.

　서초구청에서 배려해 준 문학기행 버스는 싱그러운 산야를 장시간 달려 비목마을인 달빛동산에 도착했다. 그곳은 현충일을 기념하기 위한 제1회 비목문화제(碑木文化祭) 행사장이었다. 사면이 크고 작은 산봉우리로 둘러싸인 아늑한 골짜기는 온통 산허리가 부서져 내린 자갈밭 일색이었다. '파로호'에서 급하게 먹어치운 민물 매운탕이 아직도 삭지 않은 듯 '걱걱' 생트림을 하며 6월의 뙤약볕에 달궈진 자갈밭에 주저앉았다.

　수만 명의 젊음들이 꽃잎 지듯 스러져 간 옛 격전지에서 펼쳐지는 오늘의 '비목문화제'는 군악대의 초혼(招魂) 관현악이 은은히 흐르는 가운데 H 아나운서의 첫 멘트가 고요한 계곡을 흔들어 깨웠다. 이 행사는 우리를 대신해 조국의 명운을 지키다가 산화한 순국 영령들을 위한 일종의 진혼(鎭魂)행사였다.

바로 눈앞엔 육중한 콘크리트로 성벽처럼 쌓은 두꺼운 둑이 바로 '평화의 댐'이란 걸 알 수 있었다. 댐이 세워지기 전, 이곳은 금강산에서 발원(發源)한 짙푸른 물줄기 따라 달빛에 반짝이는 물고기들이 금강산 상류를 향해 힘차게 치솟던 '등용문'이었으리라.

외길로 내려간 자그마한 언덕에 지난 세월 반세기의 풍화(風化)를 견뎌 낸, 썩은 나무 등걸 하나가 묵묵히 서 있다. 차곡차곡 쌓여 있는 돌무덤 위에 우뚝 서있는 비목은 이름도 성도 없는 이끼 낀 나무토막이었다. 청춘남녀 한 쌍이 돌무덤을 밟고 기념 촬영하는 모습마저 안쓰럽다. 그 묘비는 그 청춘 남녀의 나이였을 시절에 조국에 몸 바쳐 산화한 영령인 것을 왜 모르는가. '길손이여 자유민에게 전해다오. 우리는 겨레의 명령에 복종하여 이곳에 누웠노라'고, 새겨진 비문은 우리 모두를 숙연케 했다.

가슴속은 온갖 회억의 물결로 출렁이며 깊고 울적한 심연으로 빠져들고 있었다. 함께 문학 기행에 나선 친구의 손을 잡고 슬며시 행사장을 나오고 말았다. 6.25전쟁이 한창일 때 아들의 전사통지서를 받고 울던 큰 엄마 모습이 떠올랐기 때문이다. 개울가에 내려와 비목마을 부녀회에서 파는 김밥 몇 덩어리를 입에 넣고 냉수만 꿀꺽꿀꺽 마시던 우리는 느닷없이 소주 한 병을 주문했다. 누구인들 가슴 아린 추억거리가 한두 가지 쯤 없을까마는 몇 순배 술기운에 부푼 우리의 마음은 벌써 사십여 년 전의 어린 시절로 줄달음질치고 있었다.

혹시 이 골짜기 어느 곳에 있을지 모르는 사촌 오라버니. 우리 집안의 장손이었던 그는 단지 몇 개의 손톱과 몇 올의 머리카락만을 유골로 남겼을 뿐, 그 애틋하고 수려한 모습의 홍안을 찾을 길이 없다. 혹여 살아 있었다면 이순은 훨씬 넘었겠지. 지금도 내 기억 속에 남아 있는 것은 오빠가 목 위로 번쩍 쳐들어 안아 주면 무척이나 땅 밑이 멀다고 생각했던 일이다. 철모에 나뭇잎을 달고 수많은 젊은이들을 실은 군용차는 강둑을 달렸다. 애국가를 부르며 한강다리를 건너갔지만, 다시 돌아왔는지 아무도 모른다. 전쟁이 끝난 후 서울로 돌아왔을 때였다. 눈발이 날리는 겨울아침 큰집 오빠의 전사 통지서를 받았다. 집안 대들보가 무너지는 그 아픔을 참지 못한 큰 어머니는 그날로 병석에 눕고 술로 마음을 달래던 큰아버지는 그만 숨을 거두고 말았다. 양쪽 집안을 보살피느라 애쓰신 나의 아버지 역시 이 세상에 안 계신다.

사십 여년이 지난 오늘, 이 격전지를 다시 돌아보며 아득한 세월의 강 저 너머로 홍안의 젊은 시절이었던 그분들 얼굴이 다시 겹쳐지는 것을 본다. 비탈진 밭이랑에 피어 있는 하얀 감자꽃이 왜 하얀 물망초꽃으로 보이는 것일까. 격전을 치룬 전쟁터에서만 핀다는 물망초, '나를 잊지 마세요'라는 꽃말이 보랏빛으로 투사되는 것은 정녕 내 눈 속에 낀 안개꽃 때문만은 아니리라. 진동수가 빨라지며, 맥박이 폭포수가 치솟는 듯한 아픔으로 심장을 두들긴다. 그것은 어떤 젊은 병사의 애끓는 환상이었다. 어쩌면 나에게 보내는 영혼의 메시지인지도 모른다는 생각에 귀청까지 멍멍했다.

버스는 아랑곳없이 왔던 길을 되돌아 구만리 고갯길을, 휘몰아치는 바람처럼 빠르게 넘어가고 있었다. 그 옛날 퇴로마저 차단된 채, 그야말로 진퇴유곡에 빠진 병사들이 안절부절 못했을 그 안타까움을 연상하면서 하얀 감자꽃으로 환생했을 그들과의 대화를 시도해 본다.

푸른 들녘에 피어난 새하얀 꽃무리
끝없이 세찬 바람 몰고 가지만
여전히 안개 속에 서 있을 당신
이름 모를 철새들이 쉬어가는
빛바랜 나무 등걸

우리는 오늘을 기다렸습니다
하얀 꽃 한 아름 가슴에 안고
해마다 피어 있을 당신 모습을 그립니다
부디 우리의 한을 풀어 백두산 영봉까지 하나 되게 하소서
내 젊음, 내 희망, 내 사랑, 계곡마다 하얗게 피었습니다
해마다 꽃바람 타고 사뿐히 날아올 그 날을 기다리며….

하얀 꽃 (2)

　　진초록의 물결로 출렁대는 산야가 수려하다. 충절로 나라를 지켜온 젊은 넋들이 잠든 민통선은 그날의 격전일랑 아예 잊어버린 듯 이름 모를 산새들과 초목들의 안무로 장관을 이루고 있다. 외길로 내려간 자그마한 언덕에 지난 세월 반세기의 풍파를 겪은 나무 등걸 하나, 차곡차곡 쌓여 있는 돌무덤 위에 서있는 비목은 이름도 성도 없는 이끼 낀 나무토막이었다.

　　사 십 여년이 지난 지금 이 격전지를 다시 돌아보게 됨은 아득한 세월의 강 저 너머로 홍안의 젊은 시절이었던 그 분들의 얼굴을 떠올리게 한다. 비탈진 밭이랑에 피어 있는 하얀 감자꽃, 그 꽃이 물망초 꽃으로 여겨지는 것은 어쩐 일이랴. 격전을 치룬 전쟁터에서만 핀다는 물망초 '부디 나를 잊지 마시오'라는 꽃말이 하얀 꽃으로 투사되는 것은, 내 눈가를 맴도는 눈물 탓만은 아니리라.

　어느 젊은 병사의 애끓는 환상이 심장을 두들긴다. 어쩌면 나에게 보내는 영혼의 메시지인지도 모를 그들과의 대화를 시도해본다. 그 옛날 퇴로마저 차단된 채 진퇴유곡에 빠진 병사들이 안절부절 못했을 그 안타까움이 하얀 감자 꽃으로 환생했을 그 분들의 마음을….

　푸른 들녘에 피어난 새하얀 꽃무리. 끝없이 세찬 바람 몰고 가지만, 여전히 안개 속에 서 있을 당신. 하얀 꽃 한 아름 발치에 피울 오늘을 기다렸을 당신을 떠올리며 눈물짓습니다. 부디 당신의 한이 풀려 백두산 영봉까지 하나가 되길 기원합니다.

역사 속의 젊은 그들

　19세기를 뒤돌아보면서 그것이 우리에게 가지는 21세기적인 의미는 무엇인가를 정리할 필요가 있다는 선생님 말씀 잘 읽었습니다. 역사는 항상 반복되면서 돌고 돈다고 누군가 말했습니다. 우리나라는 반도 국가이면서 오천년 역사가 유구합니다. 지금으로 말한다면 대학생 시절의 나이로 물불을 가리지 않는 혈기왕성한 정의로운 청년들이었습니다. 그 분들의 애국심이 있었기에 오늘날 세계로 이름을 떨치는 대한민국이 있다는 것을 자랑하고 싶습니다. 앞으로 다가올 미래는 군사력과 경제력이 강한 국가가 선진국이 되는 건 당연한 일입니다. 그런 나라만이 세계 경제를 이끌어 갈 것입니다.

　19세기 조선은 '조선책략'이란 책에서 자강(自强), 균세(均勢)의 전략을 빨리 터득해야 한다고 강조하고 있습니다. 예(禮)만으로는 외세로부터 살아남기 어렵다는 이야기지요. 비전을 현실화하기 위한 외세 활용론을 폈던 것이라고 생각합니다. 사대주의 사상에 확고한 신봉자인 수구파(나이든 보수파) 세력과 개화 세력과의 대립에서 청년들을 실패하게 한 것입니다. 삼일천하로 끝난 그들의 실패는 그래도 꾸준히 근대국가로 가기 위한 발돋움이었습니다. 그래서 청나라에서 벗어나기 위해 궁여지책으로 외세의 세력을 빌린 것이 일본을 선택한 것입니다. 그 결과 비운의 대한제국은 일본의 식민지가 되었습니다. 수구파는 개화파를 예(禮)로서 무지막지하게 누른 결과 구한말 백성들은 근대문명을 깨우치는데 뒤떨어지게 된 것입니다. 그런데 일본은 작은 군웅들이 각 지방마다 세력을 잡고 있을 때여서 모두 통일을 하게 됩니다. 즉 사무라이 정신으로서 자국의 발전을 위해서 합심단결을 한 것입니다.

21세기 세계의 미래는 '유비쿼터스' 시대로 모든 전자 망이 거미줄 치듯 하여, 자국의 이익을 위한 일이라면 세계 각국으로 퍼져 무역을 하는 것입니다. 그래서 Anytime, Anywhere 아닌지요. 어느 시간, 어느 장소이거나 변화하는 세계를 한반도에선 어떻게 받아들일지가 이슈입니다. 국제사회는 '유비쿼터스' 그물망의 시대로 간다는 것입니다. 우리나라는 반도국가로서 중국에 접해 있으며, 남과 북이 나뉘어져 있습니다. 오늘날의 중국은 '잠자는 사자를 건드리지 말라'라고 말했듯이 아주 급속히 유비쿼터스로 가고 있습니다. 또한 미국은 세계 경제의 40%를 차지하고 있는 나라입니다. 아주 오랫동안 세계 질서와 경제를 이끌어 갈 것입니다. 우리의 이웃인 일본도 쉽게 기울어지지 않을 것입니다. 왜냐하면 동북아에서의 일본은 그들에게 사무라이 정신이 흐르고 있는 한 합심단결해서 미국과 중국을 최대한 이용할 것입니다. 그러면 우리나라의 운명은 어떻게 될 것인가가 중요한 문제입니다. 20세기로 들어서면서 다양한 예술 산업이 발달했습니다. 지금 세계무대로 나가는 가수나 영화배우들이 생겨나고 있습니다. 21세기로 가면 더 화려한 무대가 펼쳐질 것입니다. 우리는 그동안 이루어 왔던 산업화의 부작용으로 생긴 환경문제도 다시 생각해야 할 것입니다.

세계는 유비쿼터스의 무대입니다. 그 무대 뒤에는 늑대의 연기가 숨어있다는 것을 꿰뚫어 보아야 할 것입니다. 모든 일은 복합적인 양면성이 있으면서 같이 어울리는 시대, 그것이 바로 유비쿼터스입니다. 21세기의 386세대가 바라보는 잣대가 하나는 탈냉전이고, 다른 하나는 탈권위주의이기 때문입니다.

21세기를 바로 보기 위해서는, 우리의 젊은이들이 조선시대 청년들이 겪었던 역사를 반복하지 않는 안목을 길러야 되겠습니다. 우리 세대는 할 일이 많습니다. 글을 씀으로서 밝고 명랑한 사회를 만들 수 있도록 노력해야 되겠습니다. 우리는 분단된 국가에 살고 있으며 아직도 탈냉전과 탈권위주의 틈바구니에 끼어 있는 과도기적인 삶을 살고 있습니다. 앞으로 우리 세대는 미래지향적인 세상과 더불어 살 수 있는 사회를 만들기 위해 노력해야 합니다. 또한 정서 함양과 보수적인 분들의 아량이 절실히 필요하며 좀 더 젊은 세대의 미래를 위해 협조를 바랄 뿐입니다.

북한은 동족이자 주적

　우선 북한은 분명히 동족이기도 하지만 주적이기도 합니다. 우리의 통일 파트너는 북한이며, 올림픽경기에서 한국 팀이 경기를 하지 않을 때에 북한 팀을 응원하는 것은 북한이 우리의 동족이자 통일 파트너이기 때문입니다. 당연합니다. 그러나 휴전선에 한번 가보세요. 총부리를 마주대고 있는 상대가 일본입니까, 북한입니까? 1950년 한국전쟁을 일으켜서 삼천리강토를 붉게 물들인 장본인도 북한이고, 6~70년대 숱한 군사 도발로 한국사회를 얼어붙게 한 것도 북한이며, 최근 1999년과 2002년 서해교전에서 우리 장병들을 죽인 것도 북한입니다. 그래서 북한은 두 개의 얼굴을 가진 존재입니다.

　북한을 동족으로만 생각하는 사람들에겐 북 핵이란 '예쁜 존재'일 수밖에 없습니다. 이들에게 '북 핵은 우리에게 해롭지 않다', '북 핵도 통일되면 민족 자산' 등의 주장이 설득력을 가지는 것은 당연합니다. 그러나 북한은 주적으로만 생각하는 사람들에게 북 핵은 '적군의 손에 들려 있는 위험천만한 무기'이며 '하루 속히 제거해야 할 대상'이 됩니다. 이렇듯 북 핵은 북한의 두 얼굴 중 어떤 쪽을 대입하느냐에 따라 완연히 다른 두 개의 모습으로 보입니다. 일단 우리는 북한의 두 얼굴 모두를 파악하고 있어야 합니다. 두 얼굴 중 어느 한쪽도 부인하면 안 됩니다. 이것이 분단국에 사는 우리의 숙명입니다.

북한이 가지고 있는 노동미사일의 사정거리는 1,000km이며, 대포동 미사일의 사정거리는 훨씬 더 깁니다. 1993년 노동미사일이 실험 발사된 직후 한국의 대학가에서는 '사정거리가 1,000 km라면 그 안에 있는 모든 목표물을 공격할 수 있습니다. 짧은 거리의 목표물을 겨냥하는 경우 더 높이 쏘면 됩니다' 이렇게 북한의 핵무기는 별것 아니라는 투의 말이 떠돌았습니다. 남북한 간에 전쟁이 일어나더라도 인구도 많고 국력이 큰 남한이 이길 것이 자명하니 북한이 초보적인 핵무기를 사용한다고 해도 대세를 바꾸지 못한다는 식의 주장입니다.

이것이 바로 우리가 느끼는 무식형 망상이자 좌파적 망상, 이런 주장은 현실과 동떨어진 망상이란 것입니다. 우리는 큰 숲을 보지 않고 다만 눈앞에 보이는 나뭇잎 몇 개만을 보고, 숲 전체를 다 본 것처럼 판단하는 것은 북 핵의 두 얼굴을 직시하지 못하는 것입니다.

2003년부터 6자회담은 십여 차례 이상 열렸습니다만, 그때마다 북한이 난리 법석을 피우며 대남 협박용인 '북핵보유론'을 그들의 생존을 위한 카드라고 생각한다면 너무 안일한 판단이 아닐까요. 그렇다면 북한은 과연 핵을 포기할 것인가요?

첫째 : 타협, 핵 포기(화해)
둘째 : 정면 돌파
셋째 : 버티기 + 진 빼기 + 핵 포기
넷째 : 버티기 + 진 빼기 + 핵 지키기

이렇게 북한의 속마음을 들여다보고 있습니다. '그들은 핵을 포기하지 않을 것이다'라고 말입니다. 현재 동두천에 미군 2사단이 주둔하고 있는 것은 유사시 〈한미 군사 동맹〉으로 6.25남침 때와 같은 전쟁 발발 시 군사협력 국가로서 즉시 방어태세를 취할 수 있다는 것입니다.

이것은 어디까지나 미군이 남한에 머물러 있는 동안입니다. 또한 NATO(북대서양 조약기구)에서 도움을 받을 수 있습니다. 그러나 유럽 연합기구에서 결정이 나기까지는 30일 정도가 걸린다고 하니 시기적으로 어느 쪽이 빠른지 아시겠지요. 만약 미국이 북 핵 억제력을 포기한다면 대한민국의 입장은 낙동강 오리 알이 될 수밖에 없습니다.

이를 위해 북한·미국·NPT(Nuclear Nonproliferation Treat) 핵확산방지조약 등이 가지는 두 개의 얼굴을 직시하고 A와 B라는 두 개의 안경을 껴야 합니다. 북 핵의 대포동 미사일은 이미 동남아 일대, 우리나라와 일본을 포함한 필리핀까지도 사정거리에 들어와 있지만, 미국 본토까지도 겨냥하고 있는 바입니다.

그러면 미국과 북한 사이에서 남한은 어떤 존재가 되겠습니까? 쉽게 말하면 인질로 끼어 있는 상황과 같다는 생각이 듭니다. 우리가 북 핵을 올바르게 바라보기 위해서는 균형 잡힌 안목이 필요합니다. 두 개의 안경이 핵의 진실을 바라보는 도구가 된다는 점을 인정해야 합니다. 우리의 대북정책이 '교류 협력'과 '안보'라는 두 개의 수레바퀴가 되어 굴러가야 함은, 분단 극복이란 꿈을 위해서입니다. 그래서 우리의 북핵 정책에는 인내를 대원칙으로 하되, 은근과 끈기로서 균형과 조화를 중시하는 정책을 펼치면서 안보를 철저히 하며, 북한의 변화를 기다릴 수밖에 없습니다.

*김태우(한국 국방 연구원 부원장) 박사님의 〈북 핵의 두 얼굴〉을 토대로 작성한 글.

어느 탈북 소년의 편지

- 21세기 지옥 탈출의 드라마

북한에서 탈출한 13세 소년이 피를 토하면서 쓴 이 수기를 꼭 한번 읽어보시기 바랍니다. 우리의 근세사를 통하여 이 보다 더 참혹한 비극은 없으리라는 생각에서, 감히 〈21세기 지옥 탈출의 드라마〉라는 이름을 붙여 봅니다. 지금까지 온갖 위험과 고초를 무릅쓰고 이 소년을 극진히 보호해 주신 재중동포에게 우리 민족의 이름으로 감사를 드립니다.

〈unitypress.com〉에서

남조선 분들에게 드립니다. 북조선에서 도망쳐 나와 지금 여기 중국에서 이 글을 씁니다.

저의 고향은 평양입니다. 아버지는 김일성종합대학에서 정치학부 교수였고, 어머니는 김형직사범대학의 외국어학부 교수였으며, 누나는 평양 음악무용대학에서 기악을 배우는 학생이었습니다. 저의 가족은 평양시 동대원 구역에 살았습니다. 그러나 저는 중학교 1학년에 올라가면서 바로 아버지와 어머니, 누나와 함께 정치범 관리소에 가게 되었습니다.

평양에 살 때 우리는 행복하게 잘 살았습니다. 그런데 아버지가 친구들과 술을 마시다가, 술에 취해 노동당에 어긋나는 정치적 발언을 하여 반당, 반혁명분자로 몰려 우리 집 식구들은 함경북도 명천군인가 하는 곳의 정치범 관리소에 잡혀가게 되었습니다.

어느 날 밤 갑자기 문을 쾅쾅 두드리며 사람들이 밖에서 소리쳤습니다. 아버지가 나가서 문을 열었더니 밖에서 기다리던 사람들 4명이 시커먼 안경을 쓰고 들어와 가슴을 무자비하게 때리더니 양쪽에서 팔을 비틀어 뒤로 한 후 족쇄를 채우고, 두 사람은 아버지를 끌고 나가고, 두 사람은 우리 집을 수색 하였습니다. 집안이 전부 마사(망가)지고, 부엌에 내려가 사발까지 다 깨버리고는, 어머니와 누나, 그리고 나를 방바닥에 앉으라고 하더니 아버지가 집에서 반혁명적 소리들을 하지 않았는가, 나쁜 사람들과 접촉하지 않았는가, 녹음기나 라디오를 듣지 않았는가 하면서 여러 가지를 자꾸 물었습니다. 아버지의 당증을 찾아 들고 그것은 자기네들이 건사한다고 하면서 주머니에 넣었고, 아버지가 전국지식인대회와 사로청대회, 그리고 군대 시절에 여러 대회에 참가하여 찍은 기념사진들도 몽땅 벗겨서 보자기에 싸 가지고 자기비판을 할 준비를 잘하고 있으라고 하더니, 밖에 나가지 못하게 밖으로 열쇠를 채우고 가는 것이었습니다. 어머니는 건강하지 못해 그 사람들이 나가자마자 기절하여 쓰러졌습니다. 누나와 나는 울면서 어머니를 흔들었지만, 새벽에 날이 밝아서야 어머니는 깨어나서 누나와 나를 안고 계속 울었습니다.

아침에 9시가 되었을 때 까마즈(러시아제 화물트럭)가 와서 우리 집 물건을 다 실어갔습니다. 그리고 어머니와 누나와 나는 갱생차(68년 북한산 지프차)에 태워 평양시 보위부에 싣고 갔습니다. 거기 감방에서 이틀 동안, 나는 그냥 두고 어머니와 누나는 계속 불려 나가 조사를 받았습니다. 손도장을 여러 번 찍더니 3일이 되는 아침에 냉동차(북한에서 자체로 철판으로 차 적재함에 철집 만들어 씌우고 호송이나 폭약, 탄약 등 중요물건 나를 때 쓰는 차)에 타라고 해서 그 안에 들어가니 아무 것도 없고 군대 4명이 총을 메고 앉아 있다가 우리를 끌어올려 놓았습니다. 그때 우리 가족뿐 아니라 젊은 남자 3명, 여자 2명도 함께 갔습니다. 그 사람들은 손과 발에 족쇄를 채우고 우리 가족은 그냥 갔습니다.

쉬지 않고 계속 가다가 모르는 곳에서 밖에 나가 변소(소변) 보라고 하면서 우리 가족은 차에서 내리게 하여 길옆에서 변소를 보고, 족쇄에 묶인 사람들은 차에 물 넣을 때 쓰는 바께 쯔를 올려놓았습니다. 군인 4명과 운전수, 별을 단 사람 2명은 밥 싸온 걸 펼쳐 놓고 밥을 먹으면서 "먹고 싶지? 그러게 왜 당을 반대하나? 당을 배반하면 너희들은 짐승보다 못해!" 그렇게 쌍욕을 하면서 자기네들끼리만 밥을 먹었습니다. 그러더니 별을 단 사람 한 명이 나를 보고 "야! 거기 새끼 반동! 이리 와" 하더니 "네 애비, 에미 반동이어서 너도 고생 하는 거야" 하면서 밀빵 두 개와 소금에 절인 오이 반찬 한 젓가락을 크게 집어서 내 손바닥에 주면서 다 먹은 다음 올라가라고 했습니다.

저는 오이만 씹어 먹고 빵은 먹은 것처럼 하면서 침을 발라 꽉 쥐어 조그맣게 덩어리 두 개를 만들어 쥐고 "잘 먹었습니다" 인사하고, 차에 올라가자마자 한 덩어리는 엄마 입에 넣고 다른 한 덩어리는 누나 입에 쑤셔 넣었습니다. 어머니는 아무 말도 못하고 내 손을 꽉 잡고 빵 덩어리를 입에 문 채 나를 보면서 눈물을 흘렸습니다.

이렇게 우리는 새벽 2시쯤 관리소에 도착했는데, 정문 앞에 사람들이 나와서 기다리고 있었습니다.(이 아이가 들어간 수용소는 함경북도 화성군에 있는 16호 관리소인데 원래는 중요 범죄자들만 취급하던 곳이다. 반당, 혁명분자, 종파분자들로써 관모봉 기슭에 있던 정치범 관리소를 없애게 되면서 거기에 있던 김창봉, 허봉

학 등도 여기에 있다가 화성관리소로 왔다고 한다.) 꽥꽥 소래기치며 우리를 보고 머리를 들지 말고 손을 올려 머리 뒤에 붙이라고 하면서 초대소에 들어가더니, 족쇄에 묶인 사람들은 그냥 그 길로 차에 싣고 들어가고, 우리 가족은 방바닥에 무릎 꿇고 앉으라고 하더니 이것저것 물어보며 책에다 쓰는 것이었습니다.

얼마 후 다른 사람 4명이 오더니 어머니와 누나를 먼저 데려가고, 우리를 데려온 사람들에게 이젠 다 됐다 돌아가도 된다고 하자, 그 사람들은 자기네끼리 말하면서 나갔습니다. 사무실 바닥에 혼자 앉아 있는데, 어떤 보안원이 와서 나를 데리고 가더니 감방에 가두었습니다. 들어가기 전에 입고 온 옷들을 다 벗기고 거기서 죄수복을 주었는데, 너무 커서 마대처럼 너덜거리고 너무 낡아서 다 구멍이 뚫리고 때가 너무 껴서 옷처럼 보이지 않았습니다. 그 안에는 10살부터 20살까지 남자 아이들만 30명 있었는데 그런 반이 6개였습니다. 나는 4반이었습니다. 내가 있는 데는 3구역이라고 했습니다.

새벽에 반장이 "기상!" 하고 소리쳐서 다 깨어나 밖에 나가 줄을 섰습니다. 그 때 밖을 보니 량(양) 옆이 다 벼랑인데 벼랑에다 동굴을 파고 거기에 기관총을 걸고 군대들이 보초를 섰습니다. 내가 거기 있을 때 벼랑 초소를 세어 보니, 12개가 3구역을 지키고 있었습니다. 그날부터 가구 만드는 조에서 목

수 일을 배워 주기 시작했습니다. 우리 가족은 다 갈라져서 아버지는 1구역, 어머니와 누나는 2구역에 갔는데, 1구역 아버지 방은 손과 발에 족쇄를 차고 있어야 하는 엄중한 죄수 구역이고, 2구역은 허리 굽히고 들어가는 콘크리트 창고인데, 계단으로 해서 땅속으로 내려가면서 방들이 있었습니다. 천정은 살창을 치고 그 위에 보초병이 총을 메고 보초를 섭니다. 2구역은 강제 노동을 시키는 곳인데, 남자들은 벌목과 제재(통나무를 판자로 만드는 것)를 하고, 여자들은 농사일을 하였습니다. 3구역은 나이 많은 사람들과 어린아이들, 그리고 1, 2구역의 가족들이었는데, 죄수들을 치료하는 진료소도 있었습니다. 밥은 하루 두 끼 주었는데, 한 끼는 감자 1개와 소금 몇 알을 주고, 다른 한 끼는 통 강냉이 삶은 것을 한 줌 주거나 강냉이 겨를 가루 내어 범벅을 만들어서 한 덩지씩 주기도 했고, 통밀을 삶은 것을 한 줌 주기도 했습니다. 나는 일을 잘하지 못한다고 하면서 반장이 자꾸만 절반씩 빼앗아 갔습니다. 그래도 선생님들에게 말하면 안 되었습니다. 어쩌다가 빽빽이풀과 고마리풀, 도꼬마리풀과 강태나무풀을 보면 선생님들에게 들키지 않게 뿌리까지 다 뽑아서 먹고, 나머지는 씹어서 덩지 만들어 숨겼다가 밤에 잘 때 몰래 먹었습니다. 3구역 안에 사는 사람들 중에는 산에서 도토리를 잘 줍거나 송이버섯을 잘 따는 사람들은 그래도 산에서 일하면서 칡뿌리나 머루, 다래, 돌배도 먹는데, 우리처럼 평양에서 살던 사람들은 아무것도 모르니 관리소 안에서 시키는 대로 일만 했습니다.

작년에 관리소에 들어왔을 때 몇 달 동안은 우리 가족이 모두 검토기간이어서 남들보다 고생을 숱해 했습니다. 일주일에 2번 아니면 3번씩 아버지와 우리 가족을 한자리에 모이게 하고 여러 가지를 물어 보았습니다. 감시원 선생들은 아버지가 제대로 불지 않는다고 하면서 우리 가족이 보는 앞에서 각자 몽둥이로 아버지를 때렸으며, 메고 있는 총에서 소제 대를 뽑아서도 때렸습니다. 또 어떤 때는 전동기에 끼우는 피대(皮帶)를 잘라서 만든 채찍으로 때렸습니다.

아버지가 맞을 때마다 어머니는 기절하였습니다. 어머니가 기절하면 선생들은 물 한 바께쯔를 떠다가 나에게 주면서 엄마에게 부으라고 하기에 나는 무서워서 떨면서 엄마의 몸에 물을 부었습니다. 아버지가 그때마다 소리치면 선생들은 "이 새끼! 아직 정신 덜 들었다"면서 양 옆에서 달려들어 아버지의 관절 사이에 각자나무를 끼우고 무릎을 밟아 댔습니다. 어떨 때는 아버지를 거꾸로 매달아 놓고 "여기 자료가 다 있다. 돈 얼마를 받았어? 안기부요원 대라. 너희 단체를 대라" 하면서 때렸습니다. 너무 맞아 아버지는 이빨이 남은 것이 없고, 입이 터져서 말도 제대로 하지 못하였습니다. 머리를 다 깎아 났는데, 머리가 너무 맞아 성성한 데가 없었습니다. 온몸이 상처가 가득했고, 제대로 걷지도 못하니까 선생들이 양 옆에서 끌고 다녔습니다. 선생들도 때리고, 조사 나온 양복 차림의 사람들 도 때렸습니다. 자꾸만 대라고 하면 아버지는 그런 일 없다고 하면서 선생들에게 대들고, 그러면 여러 명이 달려들어 거의 죽게 때렸습니다.

작년 겨울 12월 설날 며칠 앞두고 우리 가족을 모두 불러내 어 "설 전에 네 새끼 일 끝내야 한다. 골 아프다. 야! 이 새끼 야! 시원하게 확 불어버리면 너도 편안하고 나도 편안할 거 아 니냐?" 하면서 1구역 안에 있는 작업장 창고 앞 돌배나무에 묶어 놓았습니다. 양복 입은 사람이 동복(외투) 큰 거 걸치고 나와서 앉아 있고 다른 선생들은 옆에 서 있었는데 양복 입은 사람이 다른 선생에게 가서 각자 6개를 가져오라고 시켰습니 다. 그 선생이 한쪽에 메고 있던 총을 목에다 걸어 가로 메더 니(인민군에서 '지어 총!' 자세를 보고 하는 말) 가서 제재소에서 켜둔 각자나무를 가져왔습니다. 어머니와 누나, 나에게 하나 씩 쥐라고 하더니 "이제부터 한 마디 물어봐서 말 안하면 한 사람이 3대씩 힘껏 때리라"고 하였습니다. 저도 3번이나 9대 를 아버지를 때렸습니다. 그래도 아버지는 "나는 그런 걸 모른 다. 나는 당에 떳떳하다" 하면서 겨우겨우 말했습니다. 그러 니까 선생들은 "이 새끼, 이래서는 안 되겠다" 하면서 어머니와 누나를 발가벗겼습니다. 그리고 마당에는 광산에서 쓰는 광차가 4개 있었는데 거기에 물을 꼴뚝(가득) 채워 꽁꽁 언 것을 곡괭이로 깨더니 그 안에 들어가라고 하였습니다. 어머니와 누나는 울면서 발악하니까, 선생들이 얼음 속에다 엄마와 누나를 넣고 나오지 못하게 꼭대기에서 발로 누르고 있었습니다. 그리고 아버지 앞에 다시 세우고 아버지의 죄를 불게 하면 너희는 집에 갈 수 있다 하면서 시켰습니다. 제대로 말을 하지 않는다고 꽁꽁 언 어머니와 누나의 온몸을 군관 혁띠로 때렸습니다. 또 다른 선생 한 명은 어머니의 두 다리를 벌리게 하고 "이년 까치둥지 멋있다" 하면서 엄마의 아랫도리 털을 당기면서 뽑았습니다. 다른 선생은 누나에게 "야! 너 대학 다닐 때 아 새끼들과(청년들) 몇 판 했냐?" 하고 물으니까, 누나가 울면서 "한 번도 그런 일이 없습니다" 하니까 거짓말 한다면서 "벌려라! 보자, 검열하겠다" 하면서 맨 땅 바닥에 눕게 해서 다리를 하늘 공중에 벌리라고 하더니 신발 신은 채로 누나의 아랫도리를 후벼대며 그리고는 각자 몽둥이로 비비면서 "쌍년, 많이 놀아 봤구만. 그래도 거짓말이야?" 하더니 "거짓말 한 대가다. 너 처벌이다" 하더니 가스라이터를 크게 올리더니 움직이면 밟아 죽인다면서 소리치며 누나의 밑에 불을 달아 놓았습니다. 누나가 '악!' 소리치며 비트니까, 선생들은 와 하고 재미있다고 하면서 고아댔습니다. 그날 우리 가족은 모두 죽는 줄 알았습니다. 어머니가 기절한 후 정신을 차리지 못하자 그때에야 조사가 끝났습니다.

그 후 10일이 지나서 또 가족이 모여 조사를 받았는데 저녁 때까지 하다가 생활총화(북한에서는 한 주일에 한 번씩 당 생활총화, 청년동맹 생활총화, 자맹원 총화 등을 한다)를 한다면서 다른 선생들은 다 가고 두 명이 남아서 아버지는 기둥에 묶어두고 어머니는 나무 무지에다가 밧줄로 두 손을 묶어놓은 다음, 나는 어머니와 함께 묶어 놓더니, 누나를 보면서 "이년은 이 안에 온 지 1년 돼 오는데도 아직 고기 좀 붙어 있구나. 뭘 도적질해 잘 먹어서 고기가 안 빠졌나?" 하더니, 누나에게 "네년 이상하다. 왜 고기가 안 빠지는지 검열해 봐야겠다" 하면서 억지로 옷을 벗겼습니다. 아버지가 묶인 곳에 가마니와 갈대로 만든 나래(갈대를 엮어서 두루마리처럼 한 것임)가 있었는데, 선생들이 그걸 끌어다가 누나에게 그 위에 누우라고 하더니 제 하족을 벗고 발싸개를 하나 주면서 광차 속에 있는 물에 적셔 밑을 깨끗이 닦으라고 했습니다(자기는 발싸개를 품에서 꺼내 갈아 신었다고 함). 누나가 발싸개를 적셔서 닦고 또 닦자 시뻘겋게 되었습니다. 누나가 덤벼드는 두 선생에게 반항하자, 누나를 몇 대 때리더니 다른 한 선생은 말아 피우던 독초꽁초(북한군은 권연이 없어 잎담배를 신문지로 말아 피움)를 누나의 젖

꼭지에 비벼대며 죽여 버린다고 하면서 누나를 땅바닥에 쓰러뜨리고, 누나의 얼굴에 엉덩이를 대고 눌러앉아 두 손을 발로 눌렀습니다. 그래도 누나가 발버둥치자, 손과 발을 따로따로 묶었습니다. 발 하나는 아버지가 묶인 기둥에 묶고 다른 발 하나는 어머니의 몸과 나무 가지에 묶고 두 손은 기둥과 광차 손잡이에 묶어 놓더니 "네 간나 오늘 걸레 만들겠다" 하면서 강간을 했습니다. 그리고는 엄마와 나에게 다른 선생들에게 말하면 그 시간부터 이 세상에 없을 줄 알라고 윽박질렀습니다. 아버지에게는 이래도 불지 않느냐면서 이런 독종새끼니까 안 기부 밀정한다면서 아버지를 풀어 얼음물에 잠그려고 하였습니다. 그 순간 아버지는 최대한 힘을 다하여 한 선생의 옆구리에 매달려 있는 총창을 비틀어 잡고 자기 배에 힘껏 찔러 자살했습니다. 군대들은 자동 보총에 칼 꽂는 것을 혁띠에 매달아서 옆구리에 달고 다닙니다. 칼집 채로 박히다보니 아버지의 주변에 피가 술해 흘렀습니다(북한군 AK자동소총에는 육박전을 위한 총창이 있는데 혁띠에 차게끔 되어 있다). 선생들이 급히 연락해서 의사들이 와서 당사에 싣고 가는데, 그때까지 아버지는 숨이 붙어 있다가 가는 도중에 사망했습니다. 그때 엄마가 또 기절하면서 신경이 돌아 다음날 정신병자 동에 들어가 있다가, 어느 날 변소 칸에서 인분을 세 사발 정도 먹고 죽었습니다(그 사건으로 하여 처녀를 강간했던 군인 두 명은 강직 처벌되어 다른 부대로 갔다고 함). 그 문제로 인하여 상부에서 검열까지 내려왔으며, 관리소 내 군인들은 사상 투쟁회의까지 하였다고 합니다. 누나도 잡병이 많이 생겨 계속 앓았는데, 아버지와 엄마가 죽은 후 머리가 돌아 정신이 들락날락했습니다. 나는 하나 남은 누나를 살려보려고 내게 나오는 음식을 몰래몰래 숨겨 제재소에 심부름 갈 때마다 누나의 호실에 던져 넣었습니다. 매일 저녁 사상개조회의를 했는데 남자들 따로, 여자들 따로 앉히고 공부 시키다 보니 누나와 나는 마주보며 소리도 내지 못하고 울기만 했습니다.

누나는 점점 약해져서 정말 귀신처럼 되었습니다. 머리도 쥐가 뜯어먹은 것처럼 헝클어지게 깎아 놓아 어떨 때는 누나를 찾기도 힘들었습니다. 평양에 있을 때 누나는 너무 고와서 (예뻐서) 화보(잡지)에도 나고, 청년 문학에도 나고 하였습니다. 아파트 사람들이 정말 영화배우 감이라고(북한에서는 예쁜 여성들을 영화배우 감으로 비유하여 표현한다) 하면서, 성격도 조용하고 말이 적고 예절이 밝아서 대학에서랑 누나를 아는 사람들은 다 칭찬했습니다. 그러나 감옥에 온 후 별의 별 고생을 다 당하고 별의 별 일을 다 당하면서 누나는 병신이 되고 폐짝 (폐인, 식물인간)이 되었습니다.

그러면서 8월 달이 되었는데, 그때부터 관리소에서는 먹을 것이 없어 감자밭에서 감자를 캐서 죄수들에게 주었습니다. 감자 캐는 건 여자들이 호미로 감자를 캐 놓으면 남자들이 삼태기에 담아 선생이 지키는 곳에 가져다 모아 놓으면 소달구지가 와서 실어갔습니다. 점심시간이 되어 선생들이 모여 앉아 감자를 구워먹는다고 경비 서던 선생까지 불더미에 간 사이에 남자 죄수 3명이 누나에게 달려들어 강간을 했는데, 그때 누나가 죽었습니다. 계속 앓는데다가 며칠 동안 먹지 못하고 있다 보니 감자 캐러 나와서 경비선생의 눈을 피해 생감자를 정신없이 먹었는데, 그게 탈이 난데다가 남자들이 달려드니 너무 혼이 나가 정신발작까지 일으킨 것입니다. 선생들이 달려와서는 뻔히 기색을 알면서도 "도적질해 먹으니까 죄 만나 죽지" 하면서 감자 캔 줄기로 덮으라고 했습니다. 그리고 남자 죄수 3명은 호송 선생들이 데려갔습니다. 그때 나는 감자 캐는 데 없고 산나물 다듬는 조에서 일하다 보니 누나가 죽은 줄 몰랐습니다. 계속 누나가 안보이기에 선생들에게 누나를 찾아 달라고 하면 머리를 때리면서 모른다고만 했습니다. 나와 친한 영수가 알려 주어서야 나는 누나가 죽은 줄 알았습니다. 그런 줄도 모르고 있었는데, 한사람이 없어지면 관리소가 야단인데 조용하기만 했습니다. 그리고 며칠 동안 비가 계속 와서 밖에 내보내지 않고 감방 안에 가둬 두기만 하다 보니 소식을 알 수 없었습니다. 그게 8월 10일 전인데, 20일 다 되

어서야 다시 감자 캐기가 시작되면서 나도 감자를 캐는데 나
갔습니다. 밭에 먼저 들어간 사람들이 밭 정리하면서 누나의
시체를 찾았습니다. 관리소에서는 10일 그때 죽은 걸로 처리
해야 하는데 그 사이 비가 계속 오니까 다시 감자 캐기를 할
때 가서 날라다 처리하려 한 것이었는데, 우리 담당 선생이 그
걸 모르고 나를 그만 감자 캐기에 내보낸 것입니다. 나는 울면
서 선생들에게 우리 누나 묻어 달라고 했지만, 선생들은 가마
니에 둘둘 말아 죄수들보고 들라 하더니 나를 따라오지 못하
게 하고 그날 화장터에 갖다가 화장해 버렸습니다. 관리소 안
에 화장터가 있는데 한 달에 10명이 넘게 화장했습니다. 누나
의 시체를 보니 한 손에는 감자 줄기가 썩어 있었고 다른 손에
는 흙이 있었습니다. 입안에는 감자 썩은 것이 흙과 함께 있었
습니다. 그래서 손가락으로 입 안의 흙과 썩은 감자를 파내면
서 누나를 안고 우는데, 선생들이 달려와 나를 때리면서 반장
에게 소리쳐 나를 데려가라 하더니 가마니에 말아서 누나를
가져갔습니다. 나는 며칠을 몰래 울며 보냈습니다. 우는 것이
선생들에게 들키면 반혁명분자를 동정한다면서 사상투쟁무대
에 세우기 때문에 우는 것을 들키지 말아야 했습니다. 나와 제
일 친한 영수는 나보다 두 살 더 먹었는데 "남자 새끼가 그만
한 건 참고 견뎌내라. 그리고 잊어버려라. 어떻게 하든 살아야
한다. 통일이 되면 무슨 일이 오겠지" 하면서 나를 위로했습니

다. 영수네는 할아버지가 전쟁 때 악질 치안대로 사람들을 많이 죽였는데, 월남한 것이 들켜 가족 모두 중국에 가서 숨어 있었습니다. 그런데 3년 만에 잡혀서 여기 온 지 4년 되었고, 아버지는 그때 바로 죽고 어머니는 2년 전에 죽었다고 합니다. 형과 누나는 소식을 모른다고 했습니다. 누나가 중국에 있다고 하면서 자기네가 중국에 있을 때 못 먹어 본 것이 없었다고 하면서 중국 자랑을 많이 했습니다.

9월부터 버섯 뜯는 조를 만들었는데, 나도 거기에 뽑히게 되었습니다. 아직 버섯이 나지 않아 먼저 산나물을 뜯기 시작했는데 한 사람이 하루에 두 배낭을 꽉 채워야 했습니다. 영수도 함께 다니게 되었는데, 그 애는 자꾸만 도망가자고 했습니다. 무섭기도 하고 길도 모르고 선생들이 총을 들고 지키는데 어떻게 도망치겠느냐고 하자, 고사리 뜯는 체 하면서 저 산만 넘으면 된다고 했습니다. 자기가 3년 넘게 여기를 다녀서 잘 아는데 어디에 철조망이 있고 어디에 구덩이가 있고 어디에 지뢰 묻은 것까지 다 안다고 했습니다.

산나물 뜯으러 8일 다녔는데, 풀이라도 실컷 먹으니 힘이 좀 났습니다. 우리가 도망치기 전날인데 그날 영수는 큰 뱀을 잡았습니다. 대가리만 뜯어 버리고 절반을 돌로 끊어 버리더니 손가락을 뱀에 넣고 뱀을 쏟아버리고는, 껍질 채로 우리는 풀 뜯는 흉내 내면서 씹어 먹었는데 가죽이 질겨 잘 넘어가지 않았습니다. 나는 할 수 없이 가죽을 버리고 몸뚱이만 꿀꺽 꿀꺽 넘기었습니다.

영수는 내일은 꼭 튀자고 했습니다. 다음날 보슬비가 많이 내렸습니다. 선생들은 비옷을 쓰고 사회 사람들이 물건들을 들고 와 산나물과 바꾸는데 술과 바꾸어서 저희들끼리 몰켜서서 마셨습니다. 감시조장들이 사방에서 보고 있었지만, 우리는 대담하게 봐둔 곳으로 기어나갔습니다. 때마침 저쪽에서 지키던 감시조장 한명이 나무꼭대기에 올라가 지키다가 비에 나무가 젖어 미끄러지면서 떨어졌는데, 그 바람에 선생들이 우리에게 신경을 쓰지 못하고 거기로 몰켜 갔습니다. 그 사이 영수와 나는 철조망을 나무 가지로 받치고 그 밑으로 넘어가 반대편 산꼭대기로 정신없이 뛰었습니다. 영수가 미리 한 말이 몇 사람이 이렇게 도망치면서 아래로 뛰는 바람에 잡혀 총에 맞았다고 하면서 산꼭대기에는 관리소 보초들이 보이기 때문에 거기로 도망갈 생각을 못한다고 하면서 우리는 쬐꼬만하기 때문에 잘 보이지도 않고 보슬비가 내리면서 안개가 껴 쌍안경으로도 잘 안 보일 거라면서 등잔 밑이 어둡다면서 거기로 가자고 했습니다. 산꼭대기 거의 올라갔는데 총소리가 여러 번 났습니다. 우리가 없어진 걸 알고 찾기 시작한 거 같았습니다. 영수와 나는 죽을힘을 다하여 뛰고 또 뛰어 산 2개를 넘었습니다. 골짜기에 물이 흘렀는데, 영수는 개들이 혹시 냄새를 맡을 수 있으니 물속에 숨자면서 우리 둘은 물에서 저녁 어두워 질 때까지 있었습니다. 그런데 군대들이나 개들이 오지 않았습니다. 영수는 저 산만 넘어가면 화성 역전이 보인다고 했습니다. 나는 그때에야 여기가 함경북도 화성군인 걸 알았습니다.

관리소에서 칠보산이 가깝다는 소리는 들었지만, 살고 있는 데가 어디인지 모르고 있었습니다. 산에서 마을로 내려오면서 산나물 뜯는 사람들이나 소토지(산에 일군 땅에서 부업일 하는 사람들) 일하는 사람들을 보면 멀리 피해서 마을까지 와서 밤이 된 다음 영수와 나는 유치원을 습격했습니다. 거기서 속도전 가루 한 중태와 강냉이 쌀 3키로 되게 훔쳐 가지고 나와서 한 집을 또 털어 옷을 갈아입었습니다. 그 집에는 먹을 것도 없고 배를 삶아서 식장 안에 둔 것이 있었는데, 영수와 둘이서 다 먹어 버렸습니다. 영수는 기차를 타면 안 된다고 하면서 길로 가지 말고 철길을 따라 가자고 했습니다. 세상에 나와서 함경북도에는 처음 왔는데, 청진까지 오는데 정말 무섭고 힘들었습니다.

걸어서 생기령이라는 곳까지 왔다가 화물 방통타고 청진수성에 갔는데 거기서 철이 형을 만나게 되었습니다(중국에 같이 온 청진내기 아이 18세). 철이 형은 자기 혼자서 중국에 일곱 번이나 갔다 왔고 중국에 친척이랑 아는 사람이랑 많다고 하면서 자기가 데려다 주겠다고 했습니다. 장마당에서 영수와 싸웠는데 영수가 이겼고, 또 영수가 먼저 철이 형에게 친구 하자고 하는 바람에 우리는 3명이 친구가 되었습니다. 철이 형이 남양 교두에서 기다리다가 중국 들어가는 석탄 방통에 붙자고 했습니다. 나와 영수는 수영을 할 줄 모르기 때문에 두만강 물이 깊은데 빠지면 죽는다고 하면서 정광(광석 1차 가공 분말 가루, 무산 광에서 캔 쇠 돌가루를 내어 청진제철소에서 철 생산하는 원료임)이 중국에 많이 들어가는데 이제 정광 방통이 남양역에 들어오면 거기에 동굴을 파 숨으면 된다고 했습니다. 먼저 온성에 갔다 오자고 했습니다. 돈을 만들자면 장마당 큰 데 가서 한탕 해야 되는데, 철이와 영수는 그런 도적질에 펄펄 날았습니다. 온성 주원장 마당 옆다리 밑에서 자면서 3일 동안 장마당에서 쓰리(소매치기)한 돈이 3만원이나 되었습니다. 이제 정광 방통 들어오면 검사원에게 돈을 주고 우리가 파고 들어간 데는 쇠꼬챙이로 찌르지 않게끔 약속한답니다. 먼저 남양군 당학교 뒷산에 올라 중국 쪽을 보았습니다. 아래로 내려간 결핵병원인지 간염병원인지 있었는데 거기로 사람들이 많이 다녀서, 우리는 위험해도 벼랑 끝에다가 나무로 받치고 그날 밤 거기서 잤는데, 영수가 태질하면서 그 기둥을 차는 바람에 아래로 떨어졌습니다. 그 아래에는 철길이 지나가고 군대들의 잠복초소도 있었는데, '악!' 소리치며 영수가 떨어지자, 사방에서 전지불(후래쉬)들이 달려들더니 왁작왁작 했습니다. 철이 형은 내 입을 틀어막으며 빨리 빠져나가야 한다면서 나를 끌고 반대편 산으로 도망쳤습니다. 나는 울면서 영수를 찾지 못한 채 도망쳐야 했습니다. 깊은 산속에서 나는 영수를 부르고 또 부르며 울었습니다. 억울하게 아버지, 어머니, 누나를 관리소에 빼앗기고 죽으려고 할 때도 영수가 없었으면 나도 죽었을 것인데, 지금까지 영수 때문에 살아남았는데, 이제는 친형 같고 형제 같은 영수마저 죽었으니 어떻게 합니까. 불쌍한 영수는 이렇게 두만강을 앞에 놓고 죽었습니다. 그 다음날부터 영수가 죽은 주변의 불룩한 웅덩이와 묘지는 다 뒤져 보았지만, 끝내 영수의 시체를 찾지 못했습니다.

그렇게 4일이 지나서 철이 형과 나는 중국으로 들어오는 정광 방통에 숨어서 10월 5일 날 중국 안도라는 곳에 도착했습니다. 안도에 있는 철이 형 친척은 돈 350원 주더니 집에 들여놓지 않았습니다. 거기서 버스를 태워 주었는데, 목단강 나가는 차라고 했습니다. 철이 형과 나는 목단강에 7일 날 도착했다가 다시 버스를 타고 철이 형이 아는 사람의 도움으로 천진에 오게 되었습니다. 북경에서는 위험하기 때문에 천진에서 기차를 타든지 버스를 타라고 그래서 먼저 안쪽으로 들어가라면서 철이 형이 아는 사람이 알려주었습니다. 조선사람 식당에서 밥을 먹고 나오는데, 이렇게 한국에서 온 기자 아저씨를 만나게 되었습니다.

지금도 눈앞에서 죽은 아버지와 어머니, 누나, 영수의 모습이 사라지지 않습니다. 저는 지금 이밥에 고기를 배불리 먹고 있습니다. 먹으면서 항상 생각합니다. 나는 크면 꼭 복수하고야 말겠다고 말입니다. 아직은 내가 어려서 잘 모르지만 중국에 와서 남조선 영화도 많이 보았고, 남조선 사람도 보았습니다. 기자 아저씨랑 여기 고마운 사람들을 만나면서 많은 것을 알게 되었습니다.

저는 크면 꼭 죽은 아버지, 어머니, 누나, 영수의 원수를 갚을 것입니다. 기자 삼촌이 편지를 쓰라고 해서 지금 쓰는 이 편지가 남조선 사람들에게 전달된다고 하니 아버지와 엄마, 누나 생각이 더 나서 울음밖에 나오지 않습니다. 저를 도와주십시오. 은혜는 잊지 않고 꼭 갚겠습니다.

21세기는 수필의 시대 (1)

1. 들어가면서

일찍이 프랑스의 비평가 아나톨 프랑스(1844~1924)는 '20세기 이후의 문학은 수필이 될 것이다'라는 말을 하여 미래문학으로서의 수필의 위상과 역할을 전망한 바 있다. 20세기 초, 소설문학이 한창 위세를 떨치고 있을 때에 이런 예언을 한 것을 보면 그는 확실히 뛰어난 통찰력의 소유자임을 알 수 있다. 그 후 1, 2차 세계대전을 겪으면서 급속한 변화를 몰고 온 산업화의 물결은 그의 예언대로 수필문학의 역할이 한층 증대되어지고 있기 때문이다.

오늘날 후기 산업시대를 살아가고 있는 우리는 돈보다 시간을 더 중요시한다. 문학의 진미를 이해하고 음미하는데 있어서도 난해한 시구에 매달리거나 장편소설을 읽는데 소요되는 시간을 무척 아까워한다. 그래서 짧은 시간 속에서 문학의 즐

거움을 맛보며 그 향취에 젖고자 하는 사람은 자연히 수필문
학에 관심을 갖게 된다는 것이다. 근래에 이르러 시나 소설보
다 수필의 독자가 더 늘어나는 이유도, 또 수필을 가리켜 '5분
문학'이라고 일컫는 소이(所以)도 바로 여기에 있다. 아무리 현
대인의 삶이 바쁘다고 하더라도 5분 정도의 시간은 언제든지
할애할 수 있기 때문에 우리는 하루에도 몇 편의 수필은 능히
읽을 수 있는 것이다. 단 5분 동안에 접할 수 있는 문학, 그
한 편의 수필에서 얻는 여운이 하루의 삶을 즐겁게 이끌어 줄
수 있다면 그 이상의 보람이 또 어디 있겠는가.

지금 우리는 만인(萬人)의 문학시대(文學時代)에 살고 있다.
기업이 사용자의 독점물이 될 수 없듯이, 문학도 작가만의 전
유물이 될 수는 없다. 프로와 아마추어의 벽이 무너지고 있는
현대사회에 있어서는 작가와 독자 사이의 거리도 한층 좁혀지
고 있다. 특히 수필 문학의 경우에는 그 양상이 더 두드러지게
나타난다. 〈안네의 일기〉를 쓴 '안네 프랑크'는 열네 살의 소
녀였다. 또한 〈저 하늘에도 슬픔이〉를 쓴 '이윤복' 역시 14세
의 소년이었다. 그들은 하나같이 문학이론이나 수필작법을 공
부한 적이 없는 어린이들이다. 그런데 왜 저들의 절규가 우리
의 심금을 울리고 눈물을 자아내게 하는가. 거기에는 남다른
고뇌와 아픔이 진솔한 목소리로 토로되고 있기 때문이다.

진실을 통한 인간성의 재조명, 이것은 곧 문학의 본령이다.

좋은 글이란 보통 사람들이 근접할 수 없는 높은 곳에 있는 것이 아니다. 과거에도 있었고 미래에도 있을 수 있는 인생의 아픔이나 고뇌를 자신의 진정한 목소리로 그려내면 되는 것이다.

문학을 일컬어 인간의 심성을 정화(淨化), 고양(高揚)시켜 아름다운 사회를 지향하게 하는 정신적인 에너지라고 한다면 우리는 이를 구현하기 위해 남다른 노력을 경주해 나가야 할 것이다.

우리가 하루 세 끼의 음식물을 섭취하여 육체의 건강을 유지하듯 하루 세편 이상의 문학작품 감상을 통해 정신적인 건강을 지켜나갈 수 있다면 이 얼마나 좋겠는가.

2. 영상화 시대와 문학

우리는 지금 영상 매체의 시대에 살고 있다. 활자매체가 사양길에 접어들면서 독서 인구도 현격하게 줄어들고 있다. 이른바 탈문자세대(脫文字世代)라고 일컫는 네티즌들이 책보다는 인터넷을 더 좋아하고 있기 때문이다. 독일의 구텐베르크 이래 근 6세기를 누려온 활자시대의 영화(榮華)도 서서히 퇴조(退朝)해가고 있는 것이다. 그렇다면 지금까지 활자매체에 의존하여 전성기를 구가해 온 문학이, 미래사회에서도 계속 살아남을 수 있을 것인가?

지금까지 문학인들은 이 문제에 대해 매우 불안한 눈으로 지켜보고 있었다. 문학을 담을 수 있는 그릇은 오직 책밖에 없다고 믿어왔는데, 책이 없어지면 문학의 역할도 없어질 것이 아닌가 하는 생각 때문이었다. 더욱이 후기 산업사회를 맞으면서 극도의 물질적 풍요를 누리게 된 인간은, 모든 정신적 가치까지도 물질적 가치 속에 매몰시켜 버리는 경향으로 흘러왔기 때문에, 문학에 대한 우려는 너무나 당연한 것으로 받아들이게 되었다.

그러나 우리는 이러한 불안과 실의에 빠지기에 앞서서, 그동안 문학이 생성 발전되어 온 과정을 살펴볼 필요가 있다. 그것은 문자 이전에도 문학은 엄연히 존재해 왔고, 인간의 사고 체계가 변화하지 않는 한 탈문자시대로 일컬어지는 영상화시대에도 문학의 효용성은 여전히 각광을 받을 수 있다고 확신하기 때문이다.

3. 수필의 미래상

우리 민족에 있어서의 20세기는 거의 주체성을 상실한 세기였다고 할 수 있다. 20세기의 개막 전야부터 불어 닥친 제국주의의 광풍(狂風)은 끝내 우리로 하여금 국권 상실의 비운을 맞게 했고, 그 후 분단 반세기 동안에는 다시 문학사적인 외침 시대(外侵時代)를 겪게 되었다. 일제침략기에는 말과 글과 이

름까지 빼앗겨 어쩔 수 없었다 하더라도, 광복 이후의 반세기
는 서구 위주의 정신적인 경도현상(傾倒現像)으로 새로운 문제
점을 야기했던 것이다. 말과 글은 분명히 우리의 것이지만 그
속에 담을 사상과 철학이 외제(?)였다면 우리는 과연 주체성
있는 문학을 해 왔다고 장담할 수 있겠는가. 문학은 자기의 사
상을 남의 사상 속에 이식시키는 작업이라고 했다. 특히 수필
은 자신의 체험을 자기의 사상과 철학으로 여과시켜 감성의
미학으로 형상화하는 작업이라고 할 때, 우리는 진정 저간의
수필을 순수한 우리의 정서와 사상으로 다듬어냈다고 할 수
있을는지 반성하지 않을 수 없다.

지난 세기의 수필을 논(論)할 때면, 모든 학자와 작가들은
으레 몽테뉴와 베이컨과 램을 들고 나왔다. 그리고 그들이 제
시한 잣대로 우리의 것을 계측(計測) 평가해 왔다. 역사와 관습
과 생활감정이 다른데도 우리는 그들의 구미에 맞는 작품을
만들어내려고 애를 써 왔다. 그 뿐이 아니다.

세종 조 이래 수백 년 동안 우리는 예악(禮樂)이라는 이름으
로 음악과 예술을 발전시켜 왔지만, 이제는 그 명칭조차 기억
하는 사람이 별로 없다. 음악 하면 서양음악, 예술 하면 서양
예술을 앞세우는 세태풍조 속에서 문학인들 어찌 예외일 수
있었겠는가. 요즈음 작품 속에 등장하는 외래어의 남용과 국
적불명의 몸치장을 즐기는 젊은 세대들을 보고 있노라면, 새

삼스럽게 우리 것에 대한 소중함을 절감하지 않을 수 없다.

이러한 관점에서 보더라도, 우리는 21세기를 20세기처럼 그렇게 무의식 속에서 보내서는 안 될 것이다. 외래사조에 떠밀려 자기 것을 외면하는 과오는 또 다시 범하지 말아야 한다.

다행히 우리 학계에서는 서구의 예술론으로 우리의 예술을 재단하지 말자는 운동이 조용하게 일고 있다 한다. 우리가 피카소의 그림을 보더라도 우리의 안목과 우리의 예술론으로 감상하고 비평해야 한다는 것이다. 따라서 앞으로의 수필은 우리의 숨결을 찾아 우리의 의식을 숨 쉬게 하는데 역점을 두어야 할 것이다. 그렇다고 하여 아날로그시대에서 디지털시대로 넘어가고 있는 이 변혁의 시대를 외면하면서 복고주의(復古主義)를 주장하거나 활자매체를 고집하자는 것은 아니다. 설사 그 동안의 문학이 활자매체 속에서 찬란한 영광을 누려왔다 하더라도, 이제는 과감하게 변신을 꾀해야 한다는 것이다. 변화하는 시대에 변화하지 못하면 살아남을 수 없다는 논리와 마찬가지로, 독자가 없는 문학은 존재할 수 없기 때문이다.

이제 컴퓨터는 일반 가전제품과 같이 누구나 활용할 수 있는 생활필수품으로 자리 잡고 있다. 하루가 다르게 발전하는 첨단과학은 게놈 프로젝트의 성공으로 획기적인 장수 시대가 열릴 것이며, 또한 머지않아 인공두뇌까지 개발되면 가히 신의 영역까지 넘보게 되는 과학의 황금시대를 구가하게 될 것이다. 이렇게 급변하는 시대를 살아가는 인간은 기계에 대한 의존도가 높아지게 되어 더욱더 인간성 상실을 부채질하게 될 것이다. 어쩌면 기계를 과신한 나머지 인간 본연의 순수성마저 메말라 갈지도 모르겠다. 이 어찌 가공스러운 인간성 공황의 시대라 하지 않겠는가.

이러한 때 문학은 존재의 의미와 삶의 방향을 제시한다는 점에서, 또는 시대의 증언과 자아를 성찰한다는 점에서, 매우 중요한 의미를 부여받게 될 것이다. 그 중에서도 수필은 짧은 글 속에 이와 같은 메시지를 탄력성 있게 담을 수 있다는 점에서 크게 각광을 받게 될 것은 말할 나위도 없는 것이다.

4. 앞으로 어떤 수필을 쓸 것인가

우리는 지금 21세기를 살고 있다. 어제와 오늘이 별다르지 않다 하더라고 어제는 과거형이요, 오늘은 현재형이다. 어제의 수필과 오늘의 수필이 체제상으로는 차이가 없다 하더라도 이것을 창작하는 작가의 정신은 분명히 달라져야 한다. 20세기라는 어제가 우리에게 암울함과 비통함을 안겨주었다면, 21세기인 오늘은 무엇인가 밝고 희망찬 시대가 되어야 하기 때문이다.

1920년대를 전후한 현대수필의 태동기에는 대개 특정인들에 의해 수필이 씌어졌다. 즉 외국 유학생 특히 일본 유학생을 주축(主軸)으로 한 지식인(오피니언 리더=意見先導者)들에 의해 쓰인 글이기 때문에 남다른 호기심과 동경심을 유발시키기에 충분했다. 당시의 민중들은 나라 밖에서 체험한 그들의 생생한 이야기를 무척 듣고 싶어 했다. 그래서 그들이 무슨 내용을 어떻게 썼던 간에 장안의 화제를 몰고 오지 않을 수 없었다. 그런데 오늘날의 독자는 작가 못지않은 지적 수준에 도달해 있고, 비평 능력 역시 수준급에 이르고 있다고 할 수 있다. 그들은 인터넷을 통해 작가 이상의 체험과 독서를 해오고 있다. 그러기 때문에 한 편 한 편의 작품 속에서 작가의 진솔한 고백적 메시지와 영혼의 울림이 얼마만큼 감득(感得)할 수 있는가를 저울질하게 된다. 즉 독자의 마음속에 작가의 영상을 얼마만큼 오래 머물게 하느냐를 놓고 따지는 것이다. 따라서 앞으로의 수필은 유려한 문장이나 세련된 글보다는 순수와 진실이 밴 무기교(無技巧)의 글이 더욱 더 각광을 받게 될지도 모르겠다. 비록 세련되지는 못했다고 하더라도 정겨운 속삭임으로 다가가는 진정의 목소리는 능히 감동의 파장을 일으킬 수 있기 때문이다.

과거 문맹률이 높고 지식수준이 낮았던 시대에는 무조건 유려한 문장만을 선호했다. 즉 문학작품이란 화조풍월(花鳥風月)이나 음풍농월(吟諷弄月)식으로 수식(修飾)을 잘 해야 되는 것으로 믿고 있었다. 그러나 오늘날에 와서는 오히려 꾸밈없이 솔직한 글을 좋아하게 되었으니 실로 격세지감의 시대라 하지 않을 수 없다.

일찍이 무위자연(無爲自然)을 주창한 노자가 "자연이란 스스로 그렇게 존재하는 것인데, 인간이 자연이라고 이름을 붙이는 순간 이미 자연은 자연이 아니다"라고 역설했다. 글도 자연스럽게 표현되어야지, 너무 꾸미고 분칠을 하면 오히려 글이 되지 않는다는 역설(逆說)이 성립된다는 이치라 하겠다.

5. 나가면서

따라서 앞으로의 수필작가들은 자신의 체험을 제재(題材)로 삼되 쓰지 않고는 견딜 수 없는 충동이 일어났을 때 비로소 붓을 들라고 권하고 싶다. 그렇게 되면 옹달샘에 고인 맑은 샘물을 길어 올리듯이 수정같이 투명한 마음의 여백에서 격조 높은 수필을 건져 올릴 수 있지 않을까.

지금까지 우리는 자아를 밖에서 찾으려고만 했다. 내면의 나를 가꾸기보다는 현란한 물질문명에 도취되어 자신을 분식(粉飾)하고 위장하기에만 급급했다. 즉 정신적 가치보다 물질적 가치에 더 치중하다 보니 자연은 급속도로 파괴되어 갔고, 그 파괴의 여파는 다시 우리의 내면에까지 침입하여 생존마저 위협받기에 이르렀다. 도처에서 파괴되어가는 자연의 아우성이 들려오고 있다. 상실의 아픔을 앓고 있는 인간의 가냘픈 비명도 들려온다. 제도와 의식과 사상이 무너져 내린 황량한 거리에서 지향성을 상실한 채 방황하는 인간의 모습이 새삼 애처로운 몰골로 나타난다. 그래서 오늘의 문학화두(文學話頭)를 인간성의 회복이라고 붙여본다.

인간성이란, 굳이 맹자의 성선설을 들먹이지 않더라도, 그 바탕에는 선성(善性)이 깔려있음은 말할 나위도 없다. 선성은 진실에 의해 빛을 발하며, 진실은 사랑을 통해 그 실체가 입증된다. 또한 착함과 참된 것은 아름다움의 극치라 할 것이니, 진선미(眞善美)야말로 우리 인간성의 핵심이며 주성분이다. 인간성을 회복한다는 것은 바로 우리 마음에 진선미를 가꾸는 일이며 이 진선미로 승화된 사랑을 실천하는 일이라 할 것이다. 모든 예술은 인생에 대한 사랑에서 비롯된다고 하지만 특히 수필은 사랑이라는 밑거름 없이는 피어날 수 없는 꽃이라 하겠다.

인간에 대한 사랑, 자연에 대한 사랑, 사회에 대한 사랑, 향토에 대한 사랑 등 따뜻한 사랑의 체온만이 좋은 수필, 감동적인 수필을 빚어낼 수 있기 때문이다.

정녕 좋은 수필, 감동적인 수필이란 마치 산사(山寺)의 종소리처럼 오래오래 그 여운이 울려 퍼져야 하는 것이다.

21세기는 수필의 시대 (2)

흔히들 말하기를 21세기는 산문의 전성시대라고 한다. 시나 소설은 시대에 관계없이 다음 대(代)에도 전달할 수 있다. 그러나 수필은 시대 상황에 따라서 그 내용과 사상이, 시간과 공간적 흐름이 적절한 시기를 놓치면 수필의 맛이 감소되고 있다.

오늘날 우리가 쓰고 있는 산문은 영국의 철학자이자 수필가인 '베이컨'식의 논문 형식과, 또 불란서 수필가인 '몽테뉴'식의 수상록이 발달 되어온 '미셀러니'의 수필이다. 이 수필은 아주 감성적이고 서정적인 글로서 짧고 간략하게 5분 정도면 읽을 수 있다. 원고지 열두 장 에서 열다섯 장 정도면 충분한 시간이다. 그러나 자칫하면 신변잡기로 흐르기 쉽다.

신변잡기란 자기 주변에서 일어나는 일을 잡다하게 쓴 수필체의 글이다. 어디까지나 자신의 솔직 담백한 심정을 고백하는 문학이다. 육십 년대 초 만 해도, 수필은 붓 가는 대로 생각나는 대로 쓴다고 교과서에 나와 있었다. 허나 이것은 그 시대에 맞는 표현법이라고 할 수 있다. 수필의 기본 틀은 기승전결로 이루어져야 안정적이다. 그러면 서론·본론·결론은 저절로 이루어지는 것이다. 단지 문장을 길게(늘어지게) 쓰지 말 것이며 액즙을 자아내듯 함축성 있게 써야 하는 것이다. 즉 한 문장을 한 문단으로 만들지 말라는 것이다. 이야기를 스토리식으로 쓰되 물 흐르듯 막힘이 없이, 할머니가 손자에게 옛날이야기를 하듯 순조롭게 써야 한다는 것이다. 과연 21세기를 대표하는 문학이란, 대부분 유럽의 문학으로서 성서에 기초를 둔 시와 소설 등이다. 세계문학 전집을 읽어 보면, 소설의 주제는 허구적이면서 내용은 진실을 담고 있는 성경이 기본에 깔려 있다.

입센의 소설 〈인형의 집〉은 주인공 로라가 남편의 병수발을 하다 빚을 지게 된다. 병이 완쾌하고 난 후, 로라의 빚을 알게 된 법률가인 남편은 로라를 이해하지 못하고 집안에서만 있게 한다. 억압이란 것을 알게 된 로라는 배신감을 알게 되고 이혼을 결심하게 된다. 이 소설은 중세기 여성해방운동의 기초가 되고 있다. 오로지 한 남성을 섬기며 살아온 중세기 여성들의 억압적인 삶을 살았다는 시대적 배경을 반영해 주고 있다. 그리스의 철학자 플라톤도 말했듯이 여성은 천년이나 되는 오랜 세월 속에 여성들 자신이 스스로 남성의 노리개였다는 말을 했다. 산문은 사실과 진실의 고백만이 수필의 산실로 볼 때, 특히 여성들에게 꼭 필요한 문학이라 하겠다.

　얼마 전 부산 〈시와 수필사〉에서 신인 등단식이 있었다. 나는 같은 문우인 P 씨의 배려로 원로 문인 선생님 다섯 분을 모시고 가게 되었다. KTX 부산행 열차를 타고 가는 마음은 동심에 들떠 있었다. 부산은 나의 제2의 고향이라고 K 스승님은 벌써 알고 계셨다. 반세기가 지난 지금 나는 다섯 살의 작은 계집아이로 차창 밖을 내다보고 있었다. 내가 살았던 개금동 골짜기는 가을이면 코스모스가 마당을 가득 채우고, 봄에는 산 벚꽃이 만발한 골짜기를 뛰어놀던 그리움이 아직도 꿈속의 향연으로 남아 있다. 이른 봄 버들강아지 사이로 얼음 녹은 개울물이 작은 자갈돌을 굴러가게 하는 소리가 귓가를 맴돌고 있다. 잠깐 사이 지나가는 풍경은 주마간산 격이었지만, 도착지에 가까워지면서 재미있게 말씀 하시는 정광수 회장의 재담에 모두 웃음꽃이 만발하고 있었다. 하루 종일 말씀이 없으신 윤 교수께서 FUSION식의 수필을 써야한다는 강의는 아주 감동적이었다.

　퓨전은 라틴어이다. 우리들 귀에 많이 익은 단어이다. 음식으로 말하면 퓨전 음식이 발달해 있는 요즈음 요리사의 솜씨에 따라 한국 음식과 서양음식이 합쳐서 맛의 미각을 살리는 것은 요리사의 기술이자 재주인 것이다.

그렇듯이 수필도 종래의 틀에서 벗어나 퓨전 스타일의 글을 써야한다는 것이었다. 기승전결이 본래의 기본 틀이지만 조금 발전시키면 영화의 연역법, 귀납법도 섞어 쓰면 묘미가 있을 것이다. 그리고 시·소설·음악·미술 등을 접목을 해서 종합적인 수필의 매개체가 이루어지는 것이다. 생각하건대, 할머니가 손자에게 옛날이야기를 할 때면 밤을 새워가며 듣는 손자의 눈 속엔 손자의 달덩이 같은 얼굴이 꽉 차 있는 것이다. 정서 교감은 말할 것도 없고 저절로 '스토리텔링'이 자연스러운 정감으로 익어가는 것이다. 이러한 산문이야말로 21세기를 대표할 수 있는 퓨전수필이 아닐까.

P 문우의 선배님이신 이 교수님과, 나의 스승님이신 김 교수님의 인사 말씀도 잊을 수 없는 명 강의였다. 이모작 인생을 사는 세대라는 것, 즉 REBORN이라는 말이다. 이것은 새로운 삶을 의미하는 것으로, 정년퇴직과 함께 찾아온 노년의 생활을 재발견하여 건강하게 산다는 뜻이다. 젊었을 때 자식을 위해 희생했고, 자손들은 장성하면 부모 곁을 떠나게 된다. 그 외로움과 허전함 때문에 방황하지 말고, 글을 쓰면 치매예방도 된다는 말씀이다. 이때야 말로 올바른 취미생활을 할 때인 것이다.

인생은 끝난 것이 아니라 다시 시작한다는 뜻에서 이모작 인생이라 하였다고 한다. 너무나 멋이 있는 말씀이었다.

그 날의 등단하신 분들은 여자보다 남자가 더 많았다. 모두가 늦깎이 신인 등단이었다. 그들의 육십 세 이상 노익장을 볼 때, 가을 산 물드는 단풍처럼 찬란했다. 그 세대는 6.25를 겪었고 힘든 보리 고개를 넘긴 일맥상통하는 세대가 아닌가. 또 4.19와 5.16혁명의 뼈아픈 시련을 극복한 노익장 들이었다. 이들이야말로 21세기를 수필의 전성시대로 이끌어 갈 수 있는 역전의 노장들이다. 아마도 그들의 체험과 경험이 한국의 수필을 찬란하게 이끌어 갈 것이라 믿는다.

감성의 미학을 추구하는 문학
-- 수필집 <서울이여 영원하라> 출판에 부쳐

김병권(수필가, 현 이문회 회장, 전 한국문인협회 부이사장)

문학은 감동의 산물이다. 감동 없이 문학을 접할 수 없고, 감동 없이 문학을 창작할 수도 없다. 작가와 독자가 만나는 공동의 광장이 바로 감동이기 때문이다.

감동은 진실의 대명사다. 영어의 원조라고 하는 라틴어에는 진실의 반대어를 망각이라고 했다. 즉 진실은 영원한 시공(時空) 속에서 감동으로 남아 있지만, 진실 아닌 것은 바로 망각의 늪에 버려지고 만다는 뜻이다. 따라서 진실 아닌 것에 대해 분노하던 사람도 진실 앞에서는 쉽게 감동하게 된다. 그래서 감동은 문학의 생명이며 영원한 주제라고 하는 것이다.

수필은 체험의 문학이다. 감동 속에 스쳐간 체험들을 자신의 사상과 감성으로 여과시켜 표현의 미학으로 형상화한 글을 수필이라 한다. 환언하면 인생에 대해 달관, 통찰하는 안목으로 재해석하여 의미를 부여하는 일체의 창작 작업을 일컫는

다. 권영재 수필가는 바로 이러한 문제에 대하여 남다른 고뇌
와 천착하는 자세로 창작에 임하는 충실한 작가이다. 일상에
서 체득하게 되는 수많은 소재를 재해석하는 문학적 역량과
진취적인 노력이 돋보인다.

그의 수필 〈겨울소리〉는 어린 시절에 겪었던 겨울밤의 풍정
(風情)을 그린 유년의 삽화(揷話)다.

북풍한설(北風寒雪)이 휘몰아치는 겨울밤이면 온 가족이 둘
러앉아 오락을 즐기거나 이야기꽃을 피우면서 야찬(夜餐)을 나
누어 먹는 재미는 우리 한국 사람만이 느낄 수 있는 아름다운
서정이다. 그 시절을 살아온 한국인이라면 누구나 다 겪었을
추억의 편린들을, 어린 소녀의 안목으로 다듬어내어 하나의
작품으로 형상화한 작가의 착상이 기발하다.

수필은 추억을 쓰는 글이다. 감동의 물결 속에서 스쳐간 아
름다운 추억에 새로운 의미의 옷을 입혀 신선한 메시지로 재
구성하는 것을 수필이라고 할 때, 이 작가는 능히 그 경지를
터득하고 있다고 하겠다.

산업화, 도시화 속의 생활문화가 도농(都農)간의 평준화를
이끌어가고 있는 오늘날의 환경에서는 이러한 체험이나 소재
가 다시는 나올 수 없을 것이다. 아무리 유족한 사람이라도 약
간의 허기는 늘 안고 살았으며, 생활자체가 너무 단조롭다보

니 여가선용이라는 개념도 전혀 생각하지 못하던 시절이었다.
그래서 길고 긴 겨울밤의 풍경은 어디를 가나 비슷했다.

"설한풍이 몰아치는 밤이면 앙상한 나뭇가지 위에 매달린
하얀 달빛도, 호호 불어 올리는 입김도 아랑곳없이 마구 달려
오는 바람소리, 무수한 나뭇가지 위에 피어나는 눈꽃 사이로
차분한 메아리로 번져 가는 메밀묵 장사 소리. 벌써 엄마는 메
밀묵을 무치고 계신다. 전기불도 없는 컴컴한 부엌, 일렁거리
는 호롱불 아래서 얼음이 박힌 김치를 써느라 조심스럽게 움
직이는 손끝이 아름답다. 똑 똑 똑 똑 도마소리…. 그것은 우
리의 정서가 듬뿍 담긴 한 폭의 민화였다."

이렇게 되돌아보는 회정(懷情)의 갈피마다 정겨운 가족애가
물씬 풍겨난다. 특히 외삼촌댁이 곁에 있었던 유년기의 소녀
는 남다른 사랑과 귀여움을 독차지했을 것이니, 이 작가에게
는 유년기의 이야기가 무궁무진할 것 같다.

〈까치 우는 마을〉은 삼풍백화점 붕괴사건 때, 가깝게 지내
던 친구를 잃은 소회를 피력한 작품이다.
삼풍백화점과 아파트 주변의 갖가지 조경수(造景樹)에는 사
철 까치 떼가 몰려와 주민들의 귀를 즐겁게 했다. 그런데

1995년 6월 29일, 그 날만은 달랐다. 평상시에는 그렇게 즐거운 노래 소리로 들리던 까치 울음소리가 어떤 흉조(凶兆)라도 예고하듯 계속 구슬프게 우는 것이었다. 오후 5시가 조금 지나 친구와 헤어진 작가는 집에 돌아와 쇼핑백을 풀고 있었다. 바로 그 순간, 지축을 흔드는 요란한 굉음이 들렸다. 삼풍백화점이 무너져 내린 것이다.

황급히 현장으로 달려갔지만, 온통 아수라장이 된 그곳에서는 영 갈피를 잡을 수 없었다. 친구의 집에도 연락이 되지 않아 그의 생사는 끝내 확인할 수 없었다.

"무더위가 기승을 부리던 8월 중순쯤, 삼성병원 영안실에서 연락이 왔다. 옷을 보고 찾았다는 그녀의 남편 전화를 받고 나는 어찌할 바를 몰랐다. 사고가 난 지 오래 되었고, 무더운 날씨에 시체는 부패해 더러는 바뀌는 경우도 있었으니 그럴 수밖에. 시체를 찾은 것만도 다행이었다. 그 이후 까치가 우는 우리 동네는 온갖 악취와 먼지가 날리는 어수선한 동네가 되었다."

이렇듯 까치소리가 정겹던 고요한 마을이 삽시에 흉가 마을로 돌변해버린 현장의 목격자인 이 작가는, 그야말로 죽마고우를 앗아간 그 사건에 대해 남다른 정회에 사로잡힌다. 그래

서 선조로부터 길조(吉鳥)라고 들어 왔던 까치소리마저 싫어지
게 되었던 것이다.

　인간의 길흉화복(吉凶禍福)이란 마치 새옹지마(塞翁之馬)의
설화와 같아서 한치 앞도 내다볼 수가 없다. 하지만 그 친구가
그렇게 비명에 가기는 했지만, 훗날 그 어떤 음덕으로 부모에
게 효도하고 친구들에게도 좋은 일을 선사할지는 모를 일이
다. 친구를 생각하는 작가의 우정이 은은히 번져 나와 독자를
흡인시키고 있다.

　〈꽃이 된 아들〉은 권영재 작가가 태어나기 전에 출생한 오
빠에 얽힌 이야기다. 어린 시절, 첫 아들을 잃은 부모님의 한
(恨) 서린 이야기를 수 없이 들어왔던 작가는 마치 자신이 직
접 본 것처럼 그 때의 상황을 생생하게 묘사하고 있다. 그것은
부모님의 한 맺힌 넋두리이며 작가 자신의 간절한 바람이기도
하다. 그 오빠가 살아 있었다면 얼마나 좋을까 하는 생각은,
한 소망이 아니라 각혈하듯 토해내는 절규라 해도 좋을 것이
다.

　해방 전 일제치하에서 일인(日人)이 경영하던 금광회사에 다
니던 아버지는 인천 앞 바다 한가운데 있는 영종도에서 신혼
살림을 차렸다. 거기서 첫아들을 낳아 남부럽지 않게 행복한
삶을 영위하고 있었다. 〈영윤〉이라고 이름 부쳐진 아들은 하

루가 다르게 잘 자랐는데, 갑자기 감기에 걸리더니 시름시름 앓기 시작했다.

　부모님은 뱃길 트이기를 기다렸다가 1주일 만에야 인천에 있는 병원으로 갈 수 있었다. 하지만 이미 폐렴이 악화되어 더 손써 볼 겨를도 없이 그대로 엄마의 품을 떠나고 말았다. 애지중지 눈에 넣어도 아프지 않을 자식을 산에 묻을 수는 없었다. 화장을 하고 남은 잔해를 깨끗이 빻아 화분에 담고 꽃 한 송이를 길렀다. 마치 아들의 환생을 보듯이….

　"마침내 화분에서는 아름다운 꽃 한 송이가 피었다. 신기하리만큼 영롱한 꽃은 바로 〈영윤〉의 화신(化身)이었다. 엄마는 화분을 아들처럼 애지중지했다. 그러던 어느 날 화분이 깨지고 말았다. 아버지는 눈물을 뿌리듯 고운 가루를 다시 꽃밭에 뿌렸다. 그리고 엄마에게 죽은 자식의 정을 하루빨리 떨쳐버리라고 타일렀다. 새로 태어날 아기에게 정성을 다할 것을 당부했다."

　이렇게 술회하고 있는 작가는 그 오빠 다음으로 태어난 자신을 떠올리며 남다른 긍지심을 가졌던 것도 같다. 유년기에는 남달리 활달하여 남자아이들을 거느린 골목대장 역할도 곧잘 해냈다고 것을 보면 이러한 추리가 맞을 것도 같다.

<내 고향 서울>은 서울에서 태어난 작가가 성장기와 성인기를 거치면서 단 한 번도 외지에 나가 살아보지 않았으니 가히 서울 토박이라 할 만하다. 특히 6.25 전란시대와 산업화시대를 거치면서도 초·중·고와 대학시절은 물론 직장생활과 결혼생활까지 이렇게 줄곧 서울에서만 살아온 사람도 그리 흔하지는 않을 것이다.

이런 관점에서 보면 이 작가의 <내 고향 서울>이란 말은 결코 어색하거나 과장된 표현은 아니다. 오늘날의 호적법에는 누구나 본적을 옮길 수 있어서 서울을 본적으로 고친 사람이 많이 있지만, 옛날에는 호적상의 본적은 영원불변의 고향이었다. 그래서 <내 고향 서울>이란 말을 서슴없이 할 수 있는 사람이야말로 <서울 토박이>라 할 수 있는 것이다.

동네 개구쟁이들과 어울려 노량진 일대의 골목을 누비던 일, 또 여의도 샛강 가에서 송사리를 잡던 일과, 6.25 전란 중 출동하는 군인들의 모습 등 유년기의 동공(瞳孔)을 물들인 갖가지 소묘들이 흥건하게 펼쳐진다.

"내 고향 서울에는 한강대교와 한강철교, 두 다리만 있었다. 철교 사이로 연기를 뿜으며 기차가 지나갈 때에는 물고기가 어망을 뚫고 도망치는 것처럼 보여, 나는 마음을 졸이며 아슬아슬하게 지켜보곤 했다. 또 하나 잊을 수 없는 추억 중의 하나는 해마다 10월이 되면 국군의 날 행사의 하나로 한강 인도교 근처에서 벌였던 비행기의 '공중 쇼'였다. 내가 발돋움하며 바라보았던 '에어쇼'는 정말 장관이었다. / 오늘도 나는 푸른 하늘 위로 높이 나는 오색영롱한 연을 바라보며 향수에 젖는다."

이렇듯 이 작가의 유년기에 채색된 추억의 화첩에는 온통 서울 이야기가 가득하다. 오늘날의 서울 인구 천이백만 중 9할 이상이 외지 유입 인구임을 생각하면 이 작가가 간직하고 있는 기억의 저장고는 나름대로 큰 의미를 갖는다고 하겠다.

"하얀 꽃 (1)"은 서초 구청의 배려로 화천 민통선 부근에서 열린 비목문화제(碑木文化祭)에 다녀온 감회를 작품화한 것이다.

처절을 극했던 6.25 전란의 와중에서 미처 시신처리를 못했던 한 장교의 임시무덤을 발견한 후배 장교가 즉석에서 〈비목〉이란 시를 짓고 훗날 곡이 부쳐져 훌륭한 국민가곡으로 불리게 된 사연을 감동적으로 묘사하고 있다. 고지 하나를 빼앗기 위해 하루에도 몇 번씩 주인이 바뀌었다는 치열한 공방전투의 실연장(實演場)이 바로 거기에 있었다.

"초연이 쓸고 간 깊은 계곡 양지 녘에/ 비바람 긴 세월로 이름모를 비목이여…”를 읊조리며 조국의 산하를 지키다가 산화한 수많은 호국영령을 회억하게 하는 이 행사가 그 후로도 계속 이어져 가고 있다니 얼마나 다행스러운 일인지 모르겠다.

“사십 여년이 지난 오늘, 이격전지를 다시 돌아보며 아득한 세월의 강 저 너머로 홍안의 젊은 용사들의 모습을 떠올려 본다. 비탈진 밭이랑에 피어 있는 하얀 감자 꽃이 왜 하얀 물망초로 보이는 것일까. 격전을 치른 전쟁터에서만 보인다는 물망초. 〈나를 잊지 마세요〉라는 꽃말이 보랏빛으로 투영되는 것은 정녕 내 눈 속에 긴 안개 때문만은 아닐 것이다. 진동수가 빨라지며 맥박이 폭포수 치솟듯 쓰리고 아픈 심장을 두드린다. 그것은 어떤 젊은 병사의 애끓는 환상이었다. 어쩌면 나에게 보내는 영혼의 메시지인지도 모르겠다.”

이렇게 술회하고 있는 작가는 6.25 전쟁 때 전사한 사촌 오빠를 떠올리며 혹시 이곳에 잠들어 있지 않을까 하는 환상을 그리고 있다. 3년여에 걸쳐 3백여 만 명이 희생된 6.25 전란은 우리네 모든 가정에 결손의 상처를 입히고 말았으니, 도처에 산재해 있는 무명용사의 무덤은 바로 우리 가족 내 형제라는 생각을 지울 수가 없다. 그래서 이 작가는 이렇게 격전지를 찾을 때마다 사촌 오빠를 떠올리며 숙연한 마음을 가지게 되는 것이다.

〈서울이여 영원하라〉는 이 작가가 60여년이 지난 지금까지
도 잊지 못하는 유년시절의 회상곡(回想曲)인데, 이 수필집의
제목이 되고 있다. 소꿉친구 〈아가〉와 〈청이〉에 대한 그리움
이 밀물처럼 밀려와 멍하니 일손을 멈추게 하고, 반세기의 시
공(時空)을 넘어 그 시절의 골목길을 달리게도 한다.
〈내 고향 서울〉의 연장선상에서 아련한 회정을 반추하고 있
는 작가는 아무리 길어 올려도 마르지 않는 추억의 샘에서 무
한정의 이야기 거리를 들추어내고 있다. 과연 수필은 추억을
쓰는 글이라는 것을 실감케 한다.

"한 여름 밤하늘에 총총히 박혀 있는 별들은 어머니가 곱게
수놓은 꽃수처럼 아름답기만 했다. 별똥별이 흰 줄무늬를 그
으며 날아가는 밤이면 모두들 저 언덕 넘어 모래밭에 떨어졌
다고 했다. 〈아가〉와 〈청이〉가 입을 모아 내일 아침 일찍이
가보자고 했다. 다음 날 아침 모래밭을 이리저리 헤매며 사금
파리 조각들이 반짝이고 있는 것을 보면, 이것이다 저것이다
하고 서로 우겼다. 그러나 우리들 셋 중 아무도 별똥별을 본
사람은 없었다."

이렇게 회상하고 있는 작가는 어느새 6.25 전란의 서장(序章)까지 기억하여 북진하는 국군의 모습을 생생하게 그려내고 있다. 또한 피난시절의 일화도 상당부분 기억하고 있어 영특한 어린 시절의 총기를 웅변으로 보여 주고 있다.

또한 한강변에서 살았던 탓인지, 구수한 북청 물장수의 이야기까지 곁들여 독자를 흡인시키고 있음이 돋보인다.

이상에서 살펴본 바와 같이 권영재 수필가의 글은 읽는 이로 하여금 아련한 추억동산을 거닐게 하고, 또 공감의 광장에서 애환의 정을 교환하게 하는 기법을 구사하고 있다. 시원스런 문장에 꾸밈없는 표현기법이 호감을 자아낸다.

글을 쓰는 목적은 진실추구에 있다. 특히 수필은 자신이 체험한 사실을 사상과 감성으로 여과시켜 표현의 미학으로 재구성하는 문학이라고 할 때 이 작가는 그 진수를 터득하고 있는 것 같아 흐뭇하다.

앞으로 우상에 도전하는 냉철한 이성과 수많은 고난과 역경을 이겨내는 불굴의 열정으로 창작에 임하기를 바라면서 다시 한 번 첫 수필집 〈서울이여 영원하라〉 출간을 축하해 마지않는다.